성추행당할 뻔한

S급 미소녀를 구해주고 보니

옆자리

소꿉친구였다 켄노지

Illustration 플라이

"흠뻑 젖긴 했지만 나는 즐거웠어."

"여동생이 스모를 하자고 하니까."

이름 : **시노하라 미나미**

나이 : 16세
학년 : 고등학교 2학년
키 : 167cm

히나, 료와 같은 중학교를 다닌 예전 동급생. 중학교 3학년 때 사흘 동안 료와 사귀었던 과거가 있다.

이름 : **토리고에 시즈카**

나이 : 17세
학년 : 고등학교 2학년
키 : 150cm

료와는 점심시간에만 친구인 것 같은 같은 반 학생. 예전에 그에게 고백했다가 차였지만 지금도 몰래 호의를 품고 있는 것 같은데……?

멍하게 굳어 있는 내게
수줍어하는 듯한 목소리로 후시미가 말했다.

"……해버렸어."

어두워서 무슨 표정인지는 알아볼 수가 없었다.

바람이 불자 투욱, 겹쳐졌던 선향 불꽃 덩어리가 떨어졌다.

빛에 익숙해져 있던 탓에 주위가 한층 더 어둡게 느껴졌다.

후시미가 불꽃놀이를 들고 있던 내 손을 살며시 잡았다.

왜 그러냐고 물어보기 위해 고개를 움직이자,

후시미의 입술이 내 입술에 닿았다.

무슨 일이 일어난 건지 파악하는데 시간이 좀 걸렸다.

"다들 이상한 스위치가 켜져버렸지."

"왜 이렇게 된 건데."

"아니, 이렇게 될 줄은 몰랐다니까~"

이름 : **후시미 히나**

나이 : 17세
학년 : 고등학교 2학년
키 : 160cm

학교에서 모두가 인정하는 S급 미소녀이자 료의 소꿉친구. 만원 전철에서 있었던 일을 계기로 그에게 팍팍 어필하게 된다.

이름 : **타카모리 료**

나이 : 17세
학년 : 고등학교 2학년
키 : 175cm

분위기를 잘 파악하지 못하는 자칭 수수한 캐릭터인 남자 고등학생. 최근에는 소꿉친구인 히나가 적극적으로 행동해서 조금씩 눈치를 채고 있는 것 같기도?

이름 : **타카모리 마나**

나이 : 15세
학년 : 중학교 3학년
키 : 165cm

가루처럼 보이며 오빠를 잘 챙겨주는 여동생. 외모와는 달리 요리 등 타카모리 가문의 집안일 전반을 맡고 있다.

성추행당할 뻔한
S급 미소녀를 구해주고 보니
옆자리 소꿉친구였다 2

켄노지

커버 · 삽화 · 본문 일러스트

플라이

① 소꿉친구들과 아웃도어 첫 번째

묵직한 슈퍼 비닐봉투 안에는 우롱차, 오렌지 주스, 콜라, 이렇게 세 종류의 페트병이 들어 있었다.

4월 말인데도 햇살은 여름 햇살과 비슷했고 자외선이 피부에 박히고 있는 것 같았다.

바구니를 든 후시미가 신나게 앞을 걸어가고 있다. 그녀의 뒷모습을 향해 말을 걸었다.

"이 근처면 되잖아~."

"좀 더 괜찮은 곳이 있을 것 같거든."

우리는 잔디밭이 깔린 녹지 공원에 와 있었다.

"얼른, 얼른."

그렇게 즐거운 듯이 재촉하는 후시미.

유치원부터 계속 함께 지내왔던 이 소꿉친구는 차원이 다른 미소녀였다.

어떤 이유로 인해 중학교에 입학하고 나서 고등학교 1학년 때까지는 거리감이 있었지만, 어떤 사건을 계기로 본격적으로 소꿉친구다운 일을 하기 시작한 모양이다.

패션 센스가 좀 그렇지만, 오늘은 정상적으로 보인다.

후시미가 꽃이 다 진 다음에 꽃구경을 하고 싶다는 이야기를 꺼냈기에 어쩔 수 없이 소풍이라는 명목으로 이곳에 온 것이다.

주위에는 레저 시트를 깔고 앉은 가족이나 대학생으로 보이는 사람들이 각자 그늘에서 즐겁게 떠들고 있었다.

"저기, 히나, 대체 어디까지 갈 생각이야?"

지긋지긋하다는 듯한 표정으로 여동생인 마야가 내게 물었다.

"나한테 물어봤자 모르지."

마나도 점심밥이 담긴 도시락을 들고 있었다.

완전히 갸루인 이 여동생은 외모와는 달리 가정적이고 요리도 잘한다.

"후시미 양, 즐거워 보여."

레저 시트를 끌어안고 있던 토리고에가 말했다.

평소에는 조용한 같은 반 도서위원. 1학년 때는 물리실에서 점심밥을 함께 먹기만 하는 관계였지만, 뭐가 어떻게 된 건지 나를 좋아한다고 고백해준 애다.

"히나~? 잠깐만~."

마나가 그렇게 말하며 후시미를 빠른 걸음으로 쫓아갔다.

나와 토리고에는 그 모습을 바라보았다.

"처음 만난 여동생이 저런 느낌인데 괜찮겠어?"

"응. 싫지 않아."

싫지 않구나. 뜻밖이네.

마나와 토리고에는 물과 기름일 것 같은데 문제없는 모양이다.

이 소풍은 원래 후시미와 단둘이 갈 예정이었지만 토리고에도 부르게 되었고, 마침 그 이야기를 듣고 있던 마나도 가고 싶다고 했기에 지금 같은 상황이 되었다.

"료~ 군~! 토리고에 양~! 이쪽이야, 이쪽!"

들뜬 듯이 크게 소리친 후시미가 손을 흔들었다.

"갈까요."

"가볼까요."

두 사람이 있는 큰 나무 그늘이 진 곳으로 나와 토리고에가 걸어갔다.

"……오늘 불러줘서 고마워."

"별말씀을."

나와 사이가 좋은 사람들이 서로 친해지면, 할 수 있는 게 늘어나는 모양이다.

그런 건 좀 재미있는 것 같다.

사실 와줄 줄은 몰랐다.

"후시미는 토리고에랑 사이좋게 지내고 싶은 것 같고, 나도 그렇게 되면 좋을 것 같으니까."

고백을 받고 확실하게 거절한 건 아니지만, 토리고에는 대충 짐작하고 있는 것 같았다. 그렇게 따지면 후시미는 연적 같은 포지션이다.

그런 나나 후시미와 함께 놀려고 하다니, 사실 싫지는 않을까 하는 생각도 들었다.

"공주님도 마음을 터놓을 수 있는 시녀를 원하는 걸까?"

"시녀라고 생각하진 않을 텐데."

후시미는 마나와 예전부터 사이가 좋지만, 동급생이 아니니 할 수 있는 이야기에 한계가 있다.

그런 점에서 토리고에라면 다양한 이야기를 할 수 있을 것 같다.

"타카모리 군도 좋아하고 후시미 양도 좋아하니까, 나는 오늘 즐거워."

"부, 부끄러운 소리 하지 말라고."

"잠깐……, 쑥스러워하지 마. 나는 안 그랬는데."

둘 다 고개를 돌리고는 쿡쿡 웃었다.

"히나, 왠지 오빠야가 토리랑 괜찮은 느낌 아니야?"

"저, 전혀 괜찮은 느낌 아니거든? 나하고 더 괜찮은 느낌이거든?"

"푸푸풉, 질투하네."

"안 한다고."

장난치고 있던 두 사람에게 다가가 레저 시트를 펴고 겨우 앉게 되었다.

"오빠야, 콜라."

"밥 먹기도 전에 콜라를 먹는다고?"

괜찮잖아~, 얼른~. 마나가 그렇게 말하며 재촉했기에 종이컵에 콜라를 따라서 건네주었다.

마나는 그걸 꿀꺽꿀꺽 마셨다.

"멋지게 마시네."

"맛나. 콜라 맛나. HP 최대치가 늘어나네에……."

무슨 심정인지는 알겠지만, 그런 효과는 없다고.

음료수 자판기가 된 나는 모두가 원하는 걸 듣고 컵에 음료수를 따르기 시작했다.

후시미와 마나는 만들어 온 도시락을 각자 펼쳤다.

마나의 도시락은 The 소풍 도시락이라는 느낌이었다. 주먹밥, 닭튀김, 비엔나소시지, 달걀말이, 이파리 채소 샐러드에 감자 샐러드.

아침부터 요리를 했단 말이지. 모성이 넘치는 우리 여동생. 갸루지만.

"여동생 도시락, 특이한 점은 없지만 그게 좋아."

"그렇지~? 토리는 뭔가 아네~."

응응, 마나가 만족스럽다는 듯이 고개를 끄덕이고는 후시미의 도시락을 힐끔 보았다.

전부 갈색인 호박밭이었다.

"……히나, 이건……, 태클을 당하려고 일부러 그런 거야?"

"어? 왜? 내 입으로 말하기는 좀 그렇지만, 맛있는데?"

"아니, 맛있고 맛없고의 문제가 아닌데……."

후시미, 또 저질렀다……. 반찬 나눠주기 도시락.

"아니, 오빠야가 좋아하는 거잖아. 얼빵한 척하면서 약삭빠르게 계산한 거야? 아니면 진짜 얼빵한 거야?"

마나가 매우 당황해하고 있었다.

"이, 이것밖에 잘 만들 수 있는 게 없으니까, 어쩔 수 없잖아……. 모처럼 소풍을 가는데 음식물 쓰레기를 들고 갈 수는 없으니까."

"음식물 쓰레기."

"음식물 쓰레기."

"음식물 쓰레기."

나를 시작으로 돌림노래처럼 두 사람이 따라 말했다.

마나가 툭툭, 경계하는 고양이 같이 호박을 건드리다가 조심조심 한 입 먹었다.

"……맛있어. 그래도 뭔가 복잡한 기분이네."

나도 그 기분을 한 번 맛본 적이 있기에 마나가 무슨 말을 하고 싶은 건지는 알고 있다.

"오빠야를 생각하니 호박을 요리하는 손을 멈출 수 없었다는 거지."

"후시미 양은 무슨 얀데레야?"

토리고에가 돌직구를 던졌다.

그런 건 좀 더 돌려서 물어봐야지…….

꺄하하, 마나가 옆에서 웃어댔다.

"오빠야, 장난 아니야. 토리랑 알콩달콩대다가는 찔릴 거라고."

"안 찔러."

"알콩달콩대지도 않았거든?"

나도 일단 한마디 거들었다.

혹시 이렇게 되는 것 아닐까 싶어서 후시미에게는 도시락을 싸 오지 않아도 된다고 했는데, 마나에게 대항심을 불태우면서 '그럼 나도!' 하고 물러서지 않았던 것이다.

예상대로 호박밭이었고, 역시 다른 사람들에게 놀림당했다.

젓가락을 각자 나누어 준 다음 다들 도시락을 제각각 먹기 시작했다.

"여동생 주먹밥, 작고 귀엽네."

"그, 그래? 나는 손이 작으니까, 그래서."

성추행당할 뻔한 S급 미소녀를 구해주고 보니 옆자리 소꿉친구였다 2

뜻밖의 칭찬이라 그런지 마나가 쑥스러워하고 있었다. 그런 건 신경 써본 적도 없었네.

후시미도 두근거리는 표정으로 감상을 기대하고 있었다.

호박은 저번에도 먹었는데…….

그런 생각을 하면서도 만들어준 것 자체는 고맙기에 한 입 먹었다.

"응. 괜찮네."

"다행이야."

후시미가 파아아앗, 봄 햇살 같은 미소를 지었다.

"좀 더 먹어, 먹어."

그러고는 도시락을 내 쪽으로 팍팍 들이댔다.

"호박찜을 맛있게 만들 수 있다면 다른 찜 요리를 할 수도 있을 것 같은데."

마나가 고개를 갸웃거렸다.

"예전부터 정말 이것만 할 수 있었어. 다른 요리는 전부 다 실패해버리고."

곤란하다는 듯이 웃는 후시미에게 한 입 먹은 토리고에가 말했다.

"이 호박, 정년을 맞이한 할머니가 만든 것 같은 맛이야."

"푸흡."

마나가 입에 머금고 있던 콜라를 뿜을 뻔했다.

구체적인 예를 들지 말라고. 상상해버렸잖아.

"하……, 할머니 같다고?!"

꽈앙~, 후시미가 충격을 받고 있었다.

"저기, 그런 게 아니라……, 아니, 뭐, 그렇긴 한데."

토리고에는 인정사정없네.

내가 좋아하는 음식이라 잘 만들 수 있는 건지는 알 수가 없다. 우연히 그게 내가 좋아하는 음식일지도 모르니까.

혹시 다른 음식을 좋아한다고 하면 그걸 잘 만들 수 있게 되려나?

시험 삼아 다음에 다른 걸 좋아한다고 해봐야지.

그런 느낌으로 즐겁게 도시락을 먹었다. 호박은 내가 9할 정도를 해치웠다.

"히나, 이거 하자~."

마나가 가지고 온 배드민턴 라켓과 셔틀콕을 꺼냈다.

"좋아. 하자~!"

일어선 두 사람이 랠리를 주고받기 시작했다.

"마나는 말이야, 왜 갸루가 된 거야?"

"귀여울 것 같아서, 야———앗."

"료 군 때문에 그런 거 아니! 야!"

"그러는 히나도———, 했었잖, 아!"

"그, 그건 아니야. 여름방학 중에 스타일을 바꾼 느낌인 거니까."

"아하하하. 그게 더 촌스러워, 히나."

"끄으으으."

역시 사이가 좋은 것 같았다. 둘 다 운동신경이 좋아서 그런지 셔틀콕을 때릴 때 슈악이라든가, 푸슉이라는 식으로 기분 좋은 소리가 울리고 있다.

문득 보니 토리고에가 휴대폰을 한 손으로 들고 뭔가 하고 있었다.

"게임 같은 거 하는 거야?"

"아니. 메시지를 좀. …………타카모리 군, 시노하라 미나미라고 알아?"

"어? 시노하라? ……아, 응."

나는 그렇게 애매하게 대답했다.

같은 중학교를 다닌 여자애니까 알고 있다. 알고 있다고 해야 하나.

그건 그렇고, 왜 갑자기 시노하라에 대해 물어보는 거지?

"나, 시노하라랑 초등학교를 같이 다녔고 시험 준비할 때 학원도 같이 다녔거든. 그 이후로 연락하게 되었는데, 타카모리 군네랑 같은 중학교라며?"

"아, 응."

시노하라 미나미.

알고 있다마다…….

고백받아서 오케이한 관계다.

나와 시노하라의 관계가 세상에서 말하는 '사귄다'라는 범주에 들어갔을지는 모르겠지만, 그런 관계였던 건 사실이다.

"그래서———."

토리고에가 뭔가 말하려던 참에 후시미가 소리쳤다.

"거기 두 사람도 같이 하자~!"

"오빠야하고 토리가 쓸 라켓도 있으니까."

그렇게 배드민턴을 하자는 제안을 받았다.

"나는 됐어."

푸흐흐, 마나가 웃었다.

"오빠야, 서투르다고 부끄러워하지 않아도 되거든? 우리는 딱히 멋진 모습을 보고 싶은 것도 아니니까."

크윽…….

이렇게까지 말하는데 잠자코 있을 수는 없다.

"실력 좀 발휘해 볼까……."

"오빠야는 단순하네."

"실력을 발휘한다니, 료 군에게도 그런 개념이 있구나."

후시미가 미묘하게 실례가 되는 말을 했다.

영차, 하고 소리를 내며 일어서서 마나가 가져다준 라켓을 쥐었다.

"토리고에도 하자. 모처럼 나왔으니까."

"어, 나는……."

후시미와 마나가 손짓한 것도 있어서인지 토리고에도 몸을 일으켰다.

"그, 그럼, 조금만……."

이번 소풍에 온 것도 그렇고, 토리고에는 의외로 잘 어울려주는 녀석일지도 모르겠다.

넷이서 둥글게 서서 셔틀콕을 주고받았다. 나와 토리고에는 빈말로도 잘한다고는 할 수가 없는 수준이었지만, 후시미와 마나가 도와주었기에 랠리가 꽤 오래 이어졌다.

"오빠야가 이상한 곳으로 치니까! 랠리가 끝나버렸잖아."

"아니, 방금 그건 바람 때문이라고. 휘이잉, 엄청 세게 불었다니까."

"타카모리 군, 너무 신경쓰지 마."

"야, 토리고에, 잠깐만. 그렇게 말하면 내가 실수한 것 같잖아."

"료 군, 너무 신경쓰지 마."

"후시미, 너까지 그러기냐."

랠리가 끝날 때마다 서로 책임을 떠넘겨댔고, 거의 내가 잘못했다는 식으로 마무리되었다.

납득이 안 되네.

그래도 토리고에도 즐기고 있는 것 같아 다행이다.

"후시미, 오늘은 촌티(T)를 안 입고 왔━━━네!"

"촌티라고 하지 말라, 고!"

"촌티라니?"

토리고에가 고개를 갸웃거리자 마나가 설명해 주었다.

"히나는 사복이 무시무시하게 촌스러워서 내가 조언해, 준 거━━━야!"

"무시무시하다고 하지 마!"

"참고로 히나의 오늘 패션은 온몸을 패션 브랜드 '시로무라*'에서 맞춘 거랍니다."

"마나, 그거 말하지 마."

---

*일본의 저가 의류 브랜드 '시마무라'의 패러디.

아~. 그래서 오늘은 통일감이 있었구나.

후시미는 딱히 특별한 요소가 없는 평범한 긴팔 티셔츠 위에 겉옷으로 파카를 입고 있었다. 하의는 움직이기 편할 것 같은 청바지에 운동화.

남녀노소 누가 입어도 이상할 게 없는 최대공약수 같은 패션이었다.

"아니, 오빠야가 사준 원피스를 입고 오려고 하잖아. 그렇게 예쁜 단벌옷을 소풍 갈 때 입으려고 했단 말이지. TPO를 전혀 고려하지 않는다니까."

"으으으……, 죄송합니다……."

토리고에가 나를 힐끔 보았다.

"타카모리 군이 그런 것도 할 수 있구나."

"그런 거라니?"

"여자한테 그럴싸한 선물을 주는 거."

그럴싸한지 아닌지는 제쳐두더라도 새삼 그런 말을 들으니 왠지 쑥스럽네.

마나 왈, '공주님이 성 아랫마을에 몰래 놀러 갈 때는 다른 옷을 입잖아~? 하늘하늘한 공주님 패션으로 가진 않는다고'라는 모양이다.

역시 패션 경찰. 설득력이 다르군.

"후시미 양은 옷을 '시로무라'에서 사는구나."

토리고에는 얇은 가디건을 걸치고 데님 재질의 쇼트 팬츠에 까만 타이츠를 입었다. 오늘 사복을 처음 봤는데, 토리고에는 원래

멋을 꽤 부리나?

"토리고에 양, 그게 아니야. 그런 설정이거든. 호감도를 올리기 위해서."

그렇게 타산적인 게 훨씬 안 좋다고.

"히나가 거기서 옷을 사는 건 설정이 아니라 사실이잖아. 차라리 그 촌스러운 사복을 설정이라고 했다면 그나마 나았을 텐데."

"도, 돈이 많이 드는 것만이 패션인 건 아니잖아~?!"

후시미가 뻔뻔하게 되려 화를 내기 시작했다.

"푸흐흡. 히나, 무슨 염치로 패션을 따지는 건데. 거의 내 말대로 해놓고."

"'시로무라'는 나도 가끔 가. 귀여운 옷이 꽤 많이 있잖아."

착한 토리고에가 도와주러 나섰다.

"토리고에 양……. 그치, 응, 응."

"외출할 때 입는 옷이 아니라 집에서 입을 옷을 사러 가는 거지만."

"지, 집에서 입는 옷……."

도와주려는 것처럼 나선 다음 온 힘을 다해 찌르려 드는 토리고에 스탠스.

추욱. 후시미가 그렇게 늘어지자 마나도 씁쓸한 표정을 짓고 있었다.

"내 프로듀스력이 좀 더 강했다면……!"

"'시로무라'에도 좋은 옷이 있으니까 상관없잖아."

적당히 그렇게 말했는데 패션 경찰이 물고 늘어졌다.

"그럼 말이지, 오빠야. 오늘 히나랑 토리를 비교하면 누가 더 멋쟁이 같아? 모르겠으면 취향에 맞는 옷을 골라도 돼. ──어느 쪽을 고를 거야?"

마나는 샤샥, 움직여서 후시미와 토리고에를 내 앞에 세웠다.

"토리고에."

"아……, 고, 고마워."

작은 목소리로 중얼거린 토리고에와는 달리 후시미는 무표정이었다.

바람이 불면 사르륵~ 날아가 버릴 것 같을 정도로 온몸이 잿더미로 변해 있다.

"뭐, 응, 그렇지."

마나 P(프로듀서)도 완패를 인정하고 있었다.

"나는 왜 지금까지 옷을 제대로 사지 않았던 걸까……."

본격적으로 풀 죽은 후시미의 어깨를 마나가 꽈악 붙잡았다.

"히나, 알겠어~? 센스는 원래 타고 나는 게 아니야. 갈고 닦는 거야!"

"선생니임……."

"성장할 여지는 충분히 있어."

"선생니이임……!"

뜨거운 포옹을 나누는 두 사람.

스승과 제자의 인연이 한층 더 깊어진 날이었다.

"후시미 양, 모르겠으면 점원분에게 물어봐. 그럼 대충 되니까."

"그, 그래……?"

토리고에가 '응, 응' 하며 연달아 고개를 끄덕였다.

"다음에……, 같이 쇼핑 가볼래?"

"그래도 돼?"

"후시미 양이 괜찮다면."

"부──, 부탁드립니다!"

이쪽도 나름대로 사이가 좋아진 상황이었다.

잘됐네, 잘됐어. 나는 그렇게 생각하며 레저 시트 위에 앉아 마른 목을 차로 축였다.

그런 와중에 누군가의 휴대폰이 소리를 울렸다.

내 것도 아니고, 후시미나 마나 것도 아니다. 그렇다면 토리고에 건가?

볼 생각은 없었지만, 화면에 뜬 메시지가 눈에 들어와 버렸다.

시노

『그쪽으로 가도 돼?』

『시노』

이 아이콘은 본 적이 있다.

토리고에의 휴대폰을 슬쩍 보니 화면은 이미 어두워져 있었다.

"……시노."

내 휴대폰을 확인해보니 그 아이콘을 쓰는 유저가 있었다.

역시 방금 메시지를 보낸 사람은──.

시노. ……시노하라 미나미.

토리고에가 사이좋게 지낸다고 했지.

가끔 휴대폰을 만지작거리던데, 메시지를 주고받았던 건가?

"토리고에, 폰 울리더라."

"아, 응."

별다른 용건이 아니라고 생각한 건지, 토리고에는 확인하려 하지 않았다.

레저 시트에 드러누워 하늘을 올려다보았다.

시노하라는 아마 사립 여학교로 진학했을……, 것이다. 중학교 3학년 때 다른 반이었기에 자세히는 모르겠지만.

중학교 2학년 때 같은 반이었고, 가을이 끝나갈 때쯤 고백을 받았다. 방과 후 학교 건물 입구에서.

아마 우리 사이에 대해 알고 있는 사람은 아무도 없지 않을까?

그건 누군가가 소문 같은 걸 퍼뜨리기도 전에 그 관계가 끝났기 때문이다.

사흘.

사귄 기간. 겨우 그 정도.

일단 고백받고 오케이를 했기에 '전 여친'이라고 생각하긴 하지만, 그쪽은 그렇게 생각하지 않을지도 모르겠다.

지금도 그렇지만 사귀면 뭘 해야 하는 건지 나는 잘 모른다.

아마 시노하라가 고백한 뒤부터였을 것이다. 원래 잘 몰랐던 '좋아한다'라는 감각을 더욱 알 수 없게 된 것이.

그 사흘 동안 뭘 했냐 하면, 아무것도 하지 않았다. 아니, 뭔가 하려나 하고 멍하니 생각하고 있자니 그쪽이 '역시 안 되겠다'라고 말했다.

"······'역시 안 되겠다'라니."

당시에는 '???' 같은 느낌이었지만, 지금 떠올리니 약간 웃음이
나왔다.

자기가 고백해놓고 갑자기 그랬으니까.

토리고에가 오렌지 주스를 컵에 따른 다음 들뜬 두 사람을 보
며 홀짝홀짝 마시고 있었다.

"시노하라가 내 이야기 뭔가 한 거 있어?"

"뭔가라니, 뭐?"

"아니······, 아무것도 아니야."

물어보기 껄끄럽네. 사귀었다(임시로)라니, 모르고 있는데 갑
자기 말하면 놀라기만 할 테니까.

"시노하라는 어떤 녀석이야?"

내게는 우주인급으로 이해가 잘 안 되는 여자애였다.

무테 안경에 교복 차림, 지금은 그 정도밖에 떠오르지 않는다.

"미이는."

"미이?!"

토리고에가 볼을 붉히면서 '딱히 상관없잖아'라고 말했다.

"초등학교 때는 그렇게 불렀으니까."

"미안. 너무 뜻밖이라 나도 모르게."

토리고에는 이야기를 다시 시작하려는 듯 살짝 헛기침을 했다.

"초등학교 때 제일 사이가 좋았던 친구고."

"소꿉친구 같은 거야?"

"아니. 후시미 양하고 타카모리 군 같은 소꿉친구는 아니야."

"흐음."

나는 드러누운 채 그렇게 맞장구를 쳤다.

"타카모리 군은 미이가 신경 쓰여?"

"신경……, 쓰이지는 않는데, 오늘 이야기가 나와서 생각이 좀 났을 뿐이야."

"미이에 대해 물어보는 시점에서 이미 신경 쓰고 있는 것 같은데."

토리고에가 쿡쿡 웃었다는 걸 알 수 있었다.

"성격은 다르지만 후시미 양 같은 타입이야."

"그건 나도 대충 알아. 머리도 좋고 운동도 잘하는 타입 말이지."

"맞아, 맞아. 얼굴은 여우처럼 생겼고, 성격은 고양이 같아."

"그게 대체 무슨 평가야."

얼굴이 여우처럼 생겼다는 건 대충 알겠다. 눈매가 날카롭고 안경을 끼고 있어서 그런지 차가운 미인이라는 느낌인 여자애였다.

어째서 시노하라가 나를 좋아하게 된 건지, 아직 잘 모르겠다.

애초에 좋아했는지 여부조차 잘 모르겠다.

같은 클럽활동을 했다거나, 문화제 때 갑자기 가까워졌다거나, 그런 식의 이렇다 할 이벤트 같은 건 아무것도 없었기 때문이다.

굳이 말하자면 수학여행 때 같은 조였다는 정도.

다른 조원들과 달리 무언가가 있었던 것도 아니다.

그때는 너무 당황해서 고백할 때 한 말도 잘 이해하지 못했다.

'운명의 인도에 따라'……, 음, 그리고 뭐였지? 기억이 잘 안 나네.

누가 억지로 시켰나? 하는 생각이 들 정도로 나를 안 봤고, 지금 생각해보니 뜨거운 감정 같은 것도 느껴지지 않았던 것 같다. 목소리도 작았고.

아…….

눈치채버렸다. 이상한 행동 전부. 이거라면 모두 설명이 된다.

벌칙이었을 가능성……!

틀림없어.

"그런 거였나…….."

"어, 뭐가, 왜?"

"아무것도 아니야."

나는 그렇게 말하며 토리고에에게 등을 돌렸다.

이해가 된다. 확실하게 납득했다.

들떴던 당시에는 당연히 몰랐겠지만, 냉정해지니 진상이 보이기 시작한다.

사흘 뒤에 역시 안 되겠다고 한 것도 이해가 된다.

안 되겠다는 건 내게 한 말이 아니라 이 벌칙을 참을 수 없다는 뜻으로 '안 되겠다'라고 한 것이다.

"미이는 타카모리 군이 보기에 어떤 여자애야?"

"운명의 인도에 따르는 사람."

"그게 뭐야."

"나도 몰라. 그리고 하나 더 들자면, 안경을 벗으면 미인인 게 아니라 안경을 낀 채로도 충분히 미인인 사람."

"아, 응, 그렇지. 그런데 그 안경은 도수가 없거든?"

그런 거야?

내가 뜻밖이라는 표정을 짓자 토리고에가 계속 말했다.

"뭐라고 했더라. 초등학교 때는 안 썼으니까 학원에서 보고 시력이 떨어졌냐고 물어보니 '시력을 교정하는 도구가 아냐. 필터를 씌우면 세계가 좀 더 잘 보이니까'라고 했어."

"호오. 필터라는 게 뭔데?"

"몰라. 물어보긴 했는데 이해가 잘 안 되는 이야기를 하더라고."

"도수 없는 안경이 더 잘 보이나……."

그럴 수도 있는…… 건가?

그 녀석, 도수 없는 안경이 아니라 그냥 안경을 끼지 않나?

잘 모르겠지만, 중학교 2학년 남자애의 순정을 가지고 놀았다는 것만큼은 알겠다.

'사귈 사람'에 포함시키면 안 되겠구나.

위험했다, 위험했어.

떠들고 다닌 적은 없고, 그럴 예정도 없으니 다행이다.

만약 누군가에게 말했다면 '벌칙 때문에 고백했는데 진지하게 받아들이고 착각한 안타까운 녀석'이라는 딱지가 붙을 뻔했다.

"위험하네……."

"저기, 아까부터 왜 그래?"

내 혼잣말에 토리고에는 고개를 갸웃거렸다.

시노 이유는 됐고!

시노 이건 시이에게도 말할 수 없는 거니까

② 후시미 학습 학원

소풍은 무사히 마지막까지 즐겁게 끝났고, 그다음 주 월요일 방과 후.

"후시미, 시노하라 미나미라고 기억나?"

학교에서 집에 가는 길에 나는 후시미에게 물어보았다.

"시노하라 양? 응, 기억나. 세이 여고에 있던가?"

"3학년 때는 다른 반이었는데 용케 기억하고 있구나."

대단하지~, 하며 우쭐대는 후시미.

세이 여고란 세이료 여자대학교 부설고등학교의 약자다.

내가 시노하라와 어떤 관계가 있었다는 건 아마 당사자인 우리 밖에 모를 것이다.

당시에 후시미와는 이렇게 이야기를 하는 사이도 아니었고, 나는 특별히 사이가 좋은 친구도 없었다.

"2학년 때, 수학여행 같은 조여서 잘 기억하고 있는 것 같아."

우리 반 녀석들은 토리고에를 보고 수수하다 뭐다 하지만, 당시에 시노하라도 교실에서 비슷한 느낌이었다.

"그런데 왜?"

저번에 토리고에의 전화기에 뜬 '시노'의 '그쪽으로 가도 돼?'라는 메시지.

이쪽으로 온다는 의미가 아니라 토리고에네 집에 가도 되냐고 물어본 문자였는지 시노하라가 모습을 드러내지는 않았다.

"토리고에가 같은 초등학교를 나와서 지금도 사이좋게 지낸대."

"호오오오."

갑작스럽게 시노하라 이야기를 꺼낸 데는 이유가 있다.

"아니, 료 군, 말 돌리지 마."

"……"

오늘, 영어 수업 때 쪽지 시험 답안지를 받았다.

쪽지 시험 같은 건 들어본 적도 없다고. 시험을 칠 때 그렇게 말하자 후시미가 '와카가 저번에 말했어'라고 가르쳐 주었었다.

그럼 그렇다고 미리 말해주면 좋았을 것을, 이 공주님은 '설마 쪽지 시험 예고도 듣지 않았을 줄은 몰랐으니까……'라고 내 마이동풍 능력에 어이없어하고 있었다.

'쪽지 시험 성적이 안 좋은 사람은 중간고사에 신경을 더 쓸 것. 낙제면 한동안 방과 후에 보충학습 해야 한다~?'

우리 담임이자 영어 교사, 와카타베 선생님(와카)이 그렇게 말했다. 아무리 생각해도 나한테. 눈을 계속 마주치고 있었으니까 말이지. 어떤 의미로는 뜨거운 시선이었다.

주위에서 들리는 이야기를 들어보니 한 자릿수, 그것도 한 손가락으로 셀 수 있을 만한 점수를 쪽지 시험 답안지에 새긴 건 아무래도 나 혼자인 모양이었다.

"료 군, 이러다간 골든 위크 때 공부만 하다가 끝날 거야."

"중간고사까지는 아직 시간이 있잖아. 그렇게 행복한 장기 연휴 때 왜 공부 같은 걸 해야———."

"평소에 공부를 제대로 안 하니까 그렇지."

"아니, 그래도 말이지, 응……?"

너무하잖아? 연휴에 공부라니.

"난 골든 위크에 료 군이랑 놀고 싶어……. 그래도 중간고사를 망칠지도 모른다고 생각하면 지금부터 공부를 해야 하고……."

추욱, 후시미가 늘어뜨린 어깨를 내가 툭툭 두드렸다.

"뭐, 기운 내라고."

"누구 때문인데."

정말, 하며 매우 크게 한숨을 쉬는 후시미.

가능하다면 나도 보충학습을 하고 싶진 않고, 내 힘으로 낙제를 탈출하고 싶다.

하지만, 뭐, 어려운 건 어려운 거다.

고등학교에 입학하고 난 뒤로 시험 점수는 계속 떨어지기만 하고 있다.

"알았어———."

"뭐가?"

내가 고개를 갸웃거리자 후시미는 결의로 가득 찬 표정을 짓고 있었다.

"공부하자. 거부권은 없어."

"어어어……."

진짜로? 시험 기간도 아닌데?

시험 기간이라고 해도 공부를 하진 않지만.

"거부권이 없다니……, 내 방과 후 자유는?"

"쪽지 시험 3점인 사람에게는 그런 게 없어요."

"성장할 여지가 있어서 좋은 숫자잖아."

"생떼 쓰는 거 금지."

크윽. 매우 성실하고 고집스러운 성격이 기어코 내게 이빨을 드러냈다.

"그, 그리고……, 요새 단둘이 지낼 시간이 별로 없었으니까……."

"어?"

"아, 아, 아무것도 아니야!"

매우 급하게 손을 저은 후시미는 볼을 붉히고 있었다.

단둘이 지낼 시간이라니, 등하교는 전부 단둘이서 하고 있는데…….

"이렇게 된 이상, 발목을 잡기 쉬운 영어하고 수학을 중점적으로 하게 될 테니까……."

뭔가 계획을 생각하기 시작했다!

"후시미 님, 5개년 계획으로 부탁하오……."

"료 군, 언제 졸업할 생각인데."

"그 정도로 느긋하게 봐달라는 뜻이지."

"괜찮아. 료 군이 보충학습 같은 걸 하게 두진 않을 테니까."

묘하게 자신만만한 눈빛. 왠지 기분 나쁜 예감이 든다.

곧바로 후시미 학습 학원이 문을 열게 되었고, 우리 집으로 왔다.

싫다고 했지만 후시미가 꿈쩍도 하지 않고 억지로 따라온 것이다.

3평 정도 되는 내 성으로 돌아와 가방을 책상 위에 올려놓았다.

'나, 오늘은 늦을 테니까 적당히 뭐라도 먹어.'

마나가 그렇게 메모를 남겨두었다. 그 위에는 야한 에티켓이.

"그러니까, 안 한다고."

곧바로 쓰레기통에 메모와 함께 덩크슛.

"이제 됐어~?"

"드, 들어와."

다행이다. 일단 기다리라고 해서.

후시미를 방으로 들어오게 하자 그녀는 낮은 탁자 위에 영어 교과서와 노트를 펼쳐놓았다. 그리고 필통 정도 크기의 통도 가방에서 꺼냈다.

저게 뭐지?

"난 오늘부터 료 군의 가정교사니까."

후시미가 통에서 안경을 꺼내 썼다.

"혹시 이럴 때를 위해서……."

"아, 아냐, 아냐! 수업 중에 잘 안 보일 때를 대비한 거고……."

수업 중에 안경을 낀 모습을 본 적이 없다. 뭐, 지금 자리는 칠판에서 그리 멀지 않으니까 쓸 기회가 없었을 뿐일 것이다.

"하자, 료 군."

의욕도 그렇고 준비도 충분한 모양이었다.

이렇게 되면 누구의 말도 듣지 않는다. 얌전히 열심히 하는 게 더 빨리 돌아가 줄 것 같다.

네, 네. 그렇게 적당하게 대답하며 나도 교과서와 노트를 낮은 탁자에 펼쳤다.

오늘의 복습부터 시작해서 배운 부분을 점점 거슬러 올라갔다.

1학년 교과서를 끄집어내서 그것부터 시작하게 되었다.

"똑똑한 사람들이 생각해낸 거니까 이것만 제대로 이해하면 시험 같은 건 여유롭거든?"

성적 우수자가 그렇게 말했다.

"이 중에서 중요한 부분을 토대로 시험 문제를 만드는 거니까 요점을 이해하면 돼."

"……왠지 그런 말을 들으니 나도 할 수 있을 것 같네."

"그렇지?"

오늘 몇 번째인가 보여준 우쭐대는 표정을 지으며 후시미가 안경을 치켜 올렸다.

"…………약속, 했거든. 같은 대학교에 가자고."

"초등학생이나 유치원생이었을 때?"

그런 약속을 했나.

그거참, 정말 성숙한 아이였네.

"약속도 약속이지만, 료 군하고 함께라면 대학생이 되더라도 분명 즐거울 테니까……."

진지한 말투로 말하는 옆얼굴에 시선을 빼앗겼다.

"아마, 나도, 후시미하고 함께라면 즐거울……지도 몰라."

나는 조용히 그렇게 중얼거렸다. 후시미는 내가 그런 말을 할 줄은 상상도 못 했던 모양이었다.

"" …………. ""

둘 다 껄끄러워져서 얼굴이 빨개진 채 한동안 침묵이 흘렀다.

"가, 갑자기, 그런 말, 하지 마."

그녀가 작은 목소리로 그렇게 말하며 팔을 살짝 때렸다.

"오, 오늘은, 이만 갈게?"

더 이상 참을 수 없었는지 후시미는 짐을 챙겨서 방을 나섰다.

귀와 볼은 여전히 붉게 물들어 있었다.

점심시간, 단둘이 물리실에서 가정교사 히나 선생님 이야기를 하자 토리고에가 쿡쿡 웃었다.

"자업자득이잖아."

"그럴 리가 있나. 겨우 쪽지 시험 정도로."

"그 '정도'라는 것에서 3점을 받았으니까 스파르타 히나 선생님이 나타난 거 아냐."

"참고로 토리고에는 몇 점이야?"

"배점도 컸는데 한 자릿수라니, 개그 이전에 좀 어이가 없네."

"됐으니까, 몇 점이냐고."

"지금은 끝난 시험보다는 중간고사를 어떻게 할지로 머릿속이 가득 차서."

절대로 말을 안 하네……

혹시 토리고에도 다른 사람의 점수를 비웃지 못할 정도로 안 좋게 나왔나?

머리가 나쁘다는 이미지는 아니다. 선생님이 질문해도 무난하게 대답하고.

책을 자주 읽어서 그런지 머리가 좋다는 이미지가 강하다.

하지만 그건 어디까지나 이미지.

소설을 좋아하는 것과 영어나 수학 점수가 좋은 것은 별개다.

"토리고에도 히나 선생님한테 같이 배울래?"

힘든 공부도 일행이 있으면 그나마 견딜 만할 것 같다.

"아니, 됐어. 방해하면 미안하니까."

"방해? 공부를?"

"지옥급으로 둔감하구나."

지옥이라니.

분위기를 잘 파악하지 못하긴 하지만, 그렇게까지 말할 필요는 없잖아.

"좀 물어볼게. 토리고에도 같이 공부하고 싶다고."

"미묘하게 거짓말을 섞지 마."

"뭐, 사실은 내가 바라는 마음도 있긴 한데."

메시지를 보내도 되냐, 라고 눈짓으로 묻자 토리고에는 두 손으로 얼굴을 가리고 있었다.

"정말……, 지옥급으로 둔감해……, 나한테 그런 말을 하지 말아줘."

얼굴은 보이지 않지만 귀가 빨갛다.

"후시미는 작년에 중간, 기말 합쳐서 여섯 번 전부 5위 안에 들었거든. 어지간한 선생님에게 배우는 것보다 이해하기 쉬울지도 몰라."

"부메랑이 꽂혔는데요."

"나는 지금까지 점수를 잘 받으려는 생각을 해본 적이 없으니까 괜찮아."

토리고에가 어이없다는 듯이 웃었다.

"후후후. 그러면 안 되니까 후시미 양이 돌봐주려 하는 거 아니야?"

같은 대학교에 다닌다……. 그런 약속을 했는지 여부는 기억이 안 나지만, 목표이긴 하다.

뭘 하고 싶은 건지 전혀 모르겠고, 그래서 일단 진학한다면 같은 학교가 좋다.

아니, 후시미와 다른 학교를 다닌다는 것 자체가 아직 상상이 안 된다.

"……그러는 게 타카모리 군에게 도움이 된다면, 같이 공부해줄 수도 있어."

"솔직하지 못하네."

"나는 혼자서도 제대로 공부할 수 있으니까. 오히려 내게 고개를 숙이고 부탁해야 하는 입장 아냐?"

방과 후에 고백을 받은 뒤로 토리고에는 약간 말을 편하게 하게 되었다.

사이좋게 지내게 된 증거라고 생각해야겠다.

"부탁할게. 같이 공부해줘."

"그래."

거만한 태도를 보이나 싶더니 쉽사리 허락해 주었다.

허락도 받았으니 곧바로 후시미에게 메시지를 보냈다.

금방 답장이 왔다.

'좋아! 대환영!'이라고 한다.

그 사실을 토리고에에게 말했다.

"오래 있지는 않을 테니까 괜찮다고 전해줘."

"어?"

갸우뚱하긴 했지만, 나는 그녀가 말한 대로 후시미에게 전했다.

읽긴 했는데 답장은 오지 않았다.

"후시미 양이 나한테 메시지를 보냈어. 닮은 사람들끼리 사람이 너무 좋아서 곤란하단 말이지."

토리고에는 휴대폰을 보며 그렇게 중얼거렸다.

방과 후, 학급 일지를 다 적고 난 다음 도서실로 갔다.

"료 군은 라이벌이 있는 게 더 의욕이 나는 거야?"

"그냥 누군가를 끌어들이고 싶었던 것 같은데."

토리고에가 정곡을 찌르자 뜨끔했다.

"가, 가르쳐 주는 거면 한 명이든 두 명이든 마찬가지잖아."

도서실 안쪽에 있는 자료 열람 공간에는 지금 우리밖에 없다.

시험이 한참 남았는데 공부를 하는 기특한 학생은 없는 모양이다.

맞은편에 후시미가 앉았고, 학생인 나와 토리고에는 나란히 앉았다.

저번과 마찬가지로 오늘 수업의 복습부터 시작해서 각자 모르는 부분을 후시미가 자세히 가르쳐 주었다.

"토리고에 양도, 좀, 그렇네……."

"윽……!"

그렇다니, 뭐가.

교과서를 넘길 때 끼워져 있던 프린트가 살짝 보였다.

"토리고에, 그거 쪽지 시험지지?"

"아, 아니야."

"12점이라니, 너……."

"이번에는 감으로 찍은 게 빗나갔을 뿐이니까."

"그래, 그렇지, 토리고에. 감은 정말 중요하니까. 그런데 성실해 보이면서 점수가 이 정도라니, 뭔가 손해 보고 있는 것 같은데?"

푸흐흡, 내가 그렇게 웃자 후시미가 진지하게 혼냈다.

"료 군도 남 점수를 보고 웃을 처지는 아니잖아."

"네……, 죄송합니다."

그녀가 툭, 책상 아래로 내 다리를 살짝 걷어찼다.

나도 반격하기 위해 차 주었다.

"정말, 진지하게 문제를 풀라고."

"네가 먼저 덤볐잖아."

옆에서 토리고에가 한숨을 쉬었다.

"사이가 좋다는 건 알겠으니까 책상 아래에서 염장질하지 마."

토리고에에게 혼났다.

""여, 염장질 같은 건 안 했어.""

"그래, 그래. 사이가 좋네."

"토리고에 양이 심술부려……."

꽈앙~. 후시미가 그렇게 충격을 받고 있자니 토리고에가 고개를 살짝 저었다.

"미안. 그럴 생각이 아니었어. 좀 놀려줄까 했을 뿐이고."

"야, 토리고에, 남을 놀릴 시간이 있으면 문제나 풀라고."

"한 문제밖에 못 푼 사람에게 그런 말을 듣고 싶진 않거든?"

"료 군은 제대로 집중해. 하면 되는 아이니까."

넌 우리 엄마냐?

하교 시간이 다가오자 공부 모임을 마무리한 우리는 도서실을 나섰다.

뭐라고 해야 하나, 좀 즐거웠다.

"토리고에 양만 괜찮으면 또 셋이서 공부 모임 할까?"

"후시미 양은 괜찮아?"

"응. 즐거웠거든."

거짓이 없어 멋진 미소였다.

"그럼, 알겠어."

토리고에도 그렇게 말하고 미소로 답했다.

학교 건물 입구를 나서자 교문 근처에 여자애가 서 있는 모습이 보였다.

우리 학교 교복이 아니다.

남자친구의 클럽활동이 끝나기를 기다리고 있다든가 그런 거 겠지.

그 애를 보고 토리고에가 '아' 하는 소리를 냈다.

"미이, 뭐 하고 있는 거야?"

미이? 최근에 그 이름을 어디선가 들었던 것 같은데.

"시이, 오랜만이야."

이 애는 누구지?

"아, 시노하라 양? 오랜만이네."

후시미가 그렇게 말했다.

시노하라 양? 그렇다면, 시노하라 미나미……?

안경이 무테에서 검은 테로 바뀌었고, 머리카락도 예전보다 길었다. 다른 고등학교 교복을 입고 있어서 전혀 알아보지 못했지만, 잘 살펴보니 분명히 시노하라 미나미였다.

"후시미 양, 오랜만이야. 그리고 타카료도."

시노하라는 날카로운 눈매로 나와 후시미를 번갈아 보았다.

이 녀석, 뭐 하러 온 거지?

마음속에서 그런 목소리가 제일 먼저 생겨났다.

"그, 그래, 오랜만……."

"료 군, 왜 그래? 얼굴이 굳었는데."

"그럴 리가 없잖아."

나는 무심코 두 손으로 얼굴을 마구 문질렀다.

토리고에와 시노하라가 둘이서 이야기하기 시작했다.

"미이, 여긴 어쩐 일이야?"

"근처를 지나가다가 있을까 싶어서."

시노하라는 토리고에급으로 쿨한 인상이 있다. 눈매와 안경 때문일 것 같지만.

두 사람에 후시미까지 껴서 그동안 쌓였던 이야기를 하기 시작하자 나는 이야기에 끼어들 수가 없게 되었다.

……마침 잘됐네. 이번에는 여자들끼리 좋은 시간을 보내라고.

"그럼 난 먼저 갈———."

"서서 이야기하는 것도 좀 그러니까 다 같이 목 가자~."

후시미가 티 없는 눈빛으로 제안하자 잠시 후 시노하라와 토리고에가 고개를 끄덕였다.

목이란 다들 좋아하는 햄버거 가게다.

시노하라를 힐끔 보았다.

그녀는 나를 빤히 바라보고 있었다. 뭐라고 해야 하나, 나는 시노하라를 약간 껄끄러워하는 건지도 모르겠다.

우주인급으로 무슨 생각을 하는 건지 모르겠고.

"나, 나는 볼일이 있어서."

"료 군은 방과 후에 볼일 같은 거 없어."

"왜 네가 그렇게 단정 짓는 건데."

맞아요, 그렇다고요, 젠장.

"미이가 괜찮다면 타카모리 군도."

"나는 딱히 상관없는데."

"……."

상관있어야지. 아니, 미묘하게 껄끄럽단 말이야. 그건 네가 제일 잘 알 텐데. 눈치 좀 채라고.

그런 내 마음이 통할 리가 없었고, 후시미와 시노하라가 가벼운 잡담을 나누며 앞에서 걸어가기 시작했다.

"혹시 미이가 껄끄러워? 싫어해?"

토리고에…… 너, 내 마음을…….

내가 여신을 바라보는 듯한 눈빛으로 보자 그 여신님이 입가만 움직여서 푸흐흡, 웃었다.

"……푸흡. 웃기네. 껄끄러워하는구나."

이 녀석, 즐기고 있네.

안 그렇거든? 그렇게 말했지만, 금방 들통나 버렸다.

"과거에 이런저런 일이 있었던 모양이니 그러는 것도 어쩔 수 없겠지만."

"뭐 들은 거 있어? 내 이야기."

"그럭저럭. '미이하고 못 사귀면 죽을 거야'라고 정열적으로 고 백해놓고 사귄 지 사흘 만에 '역시 안 되겠어'라면서 멋대로 차버 린 망할 녀석이라고."

야, 입장이 바뀌었다고, 시노하라. 전부 네가 한 짓이잖아.

자기가 한 짓을 나한테 떠넘기다니.

"그런 사람이니까 시이도 조심해, 라던데."

"시노하라, 이 자식……, 악담만 해대고……!"

시노하라에 대한 분노가 서서히 끓어오르기 시작했다. 어떻게 든 복수해야지.

역 앞 목에 도착한 다음 각자 카운터에서 먹고 싶은 걸 주문하 고 2층 빈 박스석을 찾아서 앉았다.

나만 감자튀김을 샀고, 여자 세 명은 아이스크림을 샀다.

"료 군, 눈치가 빠르네. 단 거하고 짠 건 번갈아 가면서 먹으면 둘 다 맛이 살아나거든."

으흐흐, 후시미는 그렇게 웃으며 즐겁게 아이스크림을 핥아 먹 은 다음 감자튀김을 하나 먹었다.

잡담 같은 근황 보고가 끝나자 시노하라가 갑자기 물어보았다.

"후시미 양이랑 타카료는 사귀는 거, 아니지?"

힐끔, 힐끔, 시선이 나와 후시미 사이를 오갔다.

"아닌데."

내가 고민하지도 않고 말하자 수도승 같은 표정을 지은 후시미가 내 옆구리를 손가락으로 찔렀다.

뭐 하는 거야.

"흐음."

그렇게 말하고는 아이스크림을 먹는 시노하라.

"그러고 보니까 미이, 안경 바꿨구나. 중학교 때는 무테 안경이었는데."

"콜록, 쿨럭."

시노하라가 사레들렸다.

콜록대고 있자니 후시미가 '괜찮아?' 하며 손수건을 빌려주려했다.

시노하라는 '고마워, 괜찮아'라며 거절했다.

그러고는 어흠, 이야기를 다시 시작하려는 듯이 헛기침을 했다.

"그, 그래. 바꿨어."

"예전보다 잘 보이게 되었어? '세계'가."

토리고에의 입가가 웃고 있다. 아주 약간이지만.

"……딱히, 시이하고는 상관없잖아."

그녀가 작은 목소리로 눈을 피하면서 말하자 토리고에가 계속했다.

"지금은 어떤 식으로 보이는데?"

주르륵, 시노하라가 계속 땀을 흘리고 있다.

혹시 이 녀석······, 세계가 보인다느니 어쩌고저쩌고했던 게 물리적인 이야기가 아니라────.

"무슨 소리야? 그게 뭔데?"

이야기를 이해하지 못한 후시미는 그렇게 말하며 고개를 갸웃거리고 있었다.

화제를 던진 토리고에는 입술에 힘을 꽉 준 채 다물고 있었다.

저거, 아마 웃음을 참고 있는 것 같다.

······이 녀석, 나쁜 녀석이네.

그럼 시노하라는 그거였나? 남자들이 자주 걸리는 그 병. 그 무렵, 그런 계열 만화나 애니메이션이 많긴 했지.

"······안경=내성적이고 촌스럽다는 이미지가 있으니까 안경을 반드시 써야만 한다는 이유를 만들고 싶었던 거야······?"

내 가설이 들어맞았는지, 시노하라가 땀을 잔뜩 흘리기 시작했다.

······아, 확정이다. 이 녀석, 전 중2병 환자다.

그렇다면 내게 말했던 '운명의 인도에 따라~'라는 것도, 애니메이션 대사 같은 건 줄 알았는데 고백이었구나.

"시노하라, 땀을 정말 많이 흘리는데, 괜찮아? 아이스크림이 녹는다고, 운명의 인도에 따라서."

움찔, 어깨를 움츠리는 시노하라.

내가 '눈치챘다'는 사실을 토리고에도 눈치챘다.

"미이, 땀 닦을래? 운명의 인도에 따라서."

나와 토리고에의 일제 사격으로 인해 몸을 부들부들 떨고 있는 시노하라는 얼굴이 새빨갛게 물들었다.

머리 위에 잔뜩 물음표를 띄운 후시미는 프레리도그처럼 우리를 두리번거리며 번갈아 보고 있었다.

안경을 슬쩍 고쳐 쓴 시노하라가 남은 아이스크림을 스윽 내밀었다.

"타카료한테 이거 줄게. 오, 오늘은 이만 갈 거야⋯⋯."

시노하라는 가방을 들고 자리에서 일어났다.

"또 봐~."

아무것도 모르는 후시미만 혼자서 손을 흔들고 있었다.

토리고에가 먼저 놀리기 시작했지만, 너무 심했나?

하지만 내 악담을 퍼뜨리고 다닌 대가라고 생각하면 넘어갈 수 있을 수준이겠지.

받은 아이스크림을 먹으려 하자 '내가 먹을래'라며 후시미가 아이스크림을 빼앗았다.

"뺏지 마. 네 거 있잖아."

"이건⋯⋯, 저기⋯⋯. 료 군은 내 거 먹으면 되잖아."

"어떤 걸 먹든 마찬가지잖아."

그렇게 말하자 토리고에가 아이스크림을 내밀었다.

"그럼 내 거하고 바꿀래?"

"그러니까⋯⋯, 뭘 먹더라도 마찬가지잖아."

이 두 사람은 그렇게 시노하라의 아이스크림을 먹고 싶은 건가?

고개를 갸웃거리고 있자니 창문 밖으로 걸어가는 시노하라가 보였다.

그녀가 이쪽으로 고개를 돌리더니 나를 보았다.

그리고 입만 움직여서 '멍청~이'라고 말하고는 긴 머리를 휘날리며 떠나갔다.

오랜만에 이야기했다는 걸 감안하더라도 역시 저 녀석은 이해가 잘 안 된다.

④ 그 무렵에 있었던 일

"야, 빤히 보고 있는데."

"상관없잖아, 닳는 것도 아니고."

나와 시노하라가 이야기를 하고 있자니 똑똑, 후시미가 손가락 끝으로 책상을 두드렸다.

"잡담 금지."

""네.""

방과 후, 시립 도서관에서 나와 후시미, 토리고에가 공부를 하고 있는데 우연히 시노하라가 찾아왔다.

이 근처에서는 좀처럼 볼 수 없는 세이 여고 교복을 본 이용자들이 시노하라를 힐끔거리고 있었다.

"같은 교과서를 써서 다행이네."

토리고에가 혼잣말하듯이 말했다.

안 그랬으면 이렇게 끼어들 일도 없었을 텐데.

"뭐 하러 온 거야, 어제하고 오늘."

"민폐라는 듯이 말하네. 그래도 타카료하고는 상관없잖아."

영어 문제를 풀면서 악귀 교관의 눈을 피해 슬쩍슬쩍 이야기했다.

어제도 근처를 지나가다 들렀다고 했는데, 아무리 그래도 이틀 동안 연달아 '우연히' 학교 근처에 오고, '우연히' 이 시립 도서관에 올 수가 있나?

서로 시이, 미이, 하고 부르는 사이인 토리고에가 의심스럽다.

무슨 생각을 하는 건지 모르겠지만, 나쁜 녀석은 아니니 일단 내버려 두어야겠다.

"보통 공부를 하고 싶어하진 않잖아?"

"그건 타카료한테 보통인 거지. 우리도 중간고사가 얼마 안 남아서 마침 잘 됐어. 그리고 사이좋게 지내는 애들 사이에 끼어들고 싶다고 생각하는 게 그렇게 잘못이야?"

그건 아니긴 한데. 나는 그렇게 중얼거렸다.

"타카료 군, 자, 집중해, 집중."

의욕을 보이는 후시미 교관님이 주의를 주었다.

적당히 대답하고 다음 문제에 들어갔다.

이러쿵저러쿵하면서도 우리는 거의 폐관 시간이 될 때까지 공부를 했다.

휴식도 취하며 약 두 시간. 집중해서 공부를 한 뒤에는 왠지 마음이 시원하다.

토리고에와 후시미가 뭔가 이야기하기 시작했고, 나와 시노하라가 뒤에서 걸어갔다.

"후시미 양이 원래 저런 표정 짓는 사람이었어?"

"교실에서랑은 캐릭터가 좀 다르거든."

"중학교 때는 가면을 쓰고 다니는 느낌이었는데."

무슨 말을 하려는 건지는 알겠다. 미소 가면을 계속 쓰고 다니

는 것 같았다. 누구에게나 그 미소를 보이니 수상쩍게 보는 사람
도 있었을 것이다.

"후시미 양을 좋아해?"

"푸우웁?!"

콜록콜록, 나는 사레들렸다.

이상한 타이밍에 물어봐서 침이 이상한 곳에 들어가 버렸잖아.

"러브? 라이크?"

"몰라. 애초에 원인을 따지면 시노하라 너 때문에 모르게 되어
버린 거라고."

"나? 남 탓하지 마."

"나는 휘둘렸다는 마음이 더 강해. 뭔가 해줘야 했을지도 모르
지만, 당시에는 아직 잘 몰랐으니까."

"……그건."

시노하라가 말을 하다가 말고 잠시 생각에 잠겼다.

"그거, 벌칙이었던 거지?"

"어———?"

그녀는 눈을 동그랗게 뜬 채 몇 번이나 깜빡였다.

"누군가가 시켜서 나한테 고백한 거지?"

"저기…………, 마, 맞아!"

역시나.

이미 3년 전에 있었던 일이니 뭐라고 따지진 않겠지만, 알 수
없는 행동을 한 이유를 알게 되어 다행이다.

"대충 그럴 줄 알았지."

"호, 호오……."

"그야 반쯤 억지로 고백하게 되어서 사귀었으니 사흘 만에 안 되겠다고 할 만도 하네."

"……그것 때문에 화났어?"

"당시에도 그랬고 지금도 전혀 화 안 났어. 왜 그렇게 행동했던 건지 알게 되어서 속이 시원해졌을 뿐이야."

"뭐……, 아니……."

"어?"

"아, 아니, 아무것도 아니야!"

절레절레, 그녀가 고개를 저었다.

"타카료 머릿속에서는 그런 식으로 되어 있구나……."

"괴롭힘당하거나 그런 건 아니지?"

"어――."

"아니지?"

"으, 응. 아니야. 그렇진 않아."

"그럼 됐어."

마지막으로 약간이나마 남아있던 걱정거리가 사라지자 나는 안심하며 미소를 지었다.

"으으으……, 죄책감……."

"어?"

내가 고개를 갸웃거리자 시노하라는 아무것도 아니라고 했다.

"나, 엄청 미움을 샀을 거라 생각했어. 휘두른 것 자체는 사실 이었으니까. 그래서 어제는 좀 긴장하기도 했고……."

그래서 나한테 약간 모난 태도를 보인 모양이다.

"그때는 폭풍 같은 사흘이긴 했지."

이미 3년 전이구나.

학교에서 쓸데없이 어색하게 굴거나, 집에 갈 때는 같이 가야 하나? 하면서 고민하거나, 그래도 다른 남자애들에게 들키면 놀림당할 거라며 걱정하거나.

좀처럼 하기 힘든 경험을 했던 사흘이었다.

"……."

옆을 보니 시노하라가 입을 다물고는 고개를 숙인 채 걸어가고 있었다. 어둑어둑한 와중에도 얼굴이 약간 빨개진 것을 알 수 있었다.

"왜 갑자기 후시미 양하고 사이좋게 지내게 된 거야?"

"왜 갑자기라니……, 일단은 소꿉친구인데."

"그런 느낌이 아니었잖아. 중학교 때는."

뭐, 고등학교 1학년 때도 그랬지만 말이지.

"미안해. 험담을 할 생각은 아닌데. 그래도 타카료 앞에서 보여주는 원래 모습이 진짜로 원래 모습인지는 아무도 모르잖아?"

중간부터 목소리 크기를 낮춘 시노하라에게 맞춰서 나도 목소리 크기를 낮췄다.

"그게 무슨 뜻이야?"

"그런 가면을 장비하고 있는 것뿐 아닐까, 그런 생각이 들어버려서."

"……."

"후시미 양이랑 등하교 같이 하지? 타카료하고 안 만날 때는 뭐 해?"

"그건…….."

어라? 공부 같은 거?

그런데 후시미는 예전에 '수업을 들으면 중요한 부분하고 그렇지 않은 부분 정도는 알 수 있어'라고 했었다. 그러니 집에서 열심히 공부를 하지도 않을 것 같다.

"어라……? 뭐 할까?"

"그렇지."

가깝다고 느끼던 후시미와의 거리감이 조금 벌어진 것 같았다.

바로 눈앞에 본인이 있는데도.

"다음에 물어보지 그래?"

"아, 응……, 그럴게."

텔레비전을 봤다거나, 휴대폰을 만지작거렸다거나, 숙제를 좀 했다거나.

그런 대답이 돌아올 것 같아서 일일이 물어보지 않았고, 그럴 필요도 느끼지 못했다.

시노하라가 부추긴 탓에 쓸데없이 신경 쓰이게 되었잖아.

"후시미 양은 이상한 짓 같은 건 하지 않겠지만."

"이상한 짓이라니?"

"……여자애한테 무슨 말을 시키려는 거야, 멍청아."

여자애가 말하기 껄끄러워할 정도로 '이상한 짓'…….

"그럴 리가 없잖아."

그럴 리가…….

토리고에, 시노하라와는 역 앞 근처에서 헤어졌고, 우리는 전철을 탔다.

비어 있던 자리에 나란히 앉았다.

"료 군도 오늘처럼 집중해서 공부하면 중간고사는 분명히 괜찮을 거야!"

응, 응, 그렇게 보람을 느끼고 있는 후시미가 힘차게 말했다.

"네가 우리 엄마냐고."

아하하, 후시미가 즐겁게 웃었다.

이런 흐름이라면 은근슬쩍 물어볼 수 있을 것 같다.

"저기, 후시미. 주말이나 우리 남매랑 안 놀 때는 뭐해?"

그냥 궁금해서 물어보는 거라고 나는 덧붙였다.

"어, 주말? 주말……, 주말에는…….."

어, 어라? 텔레비전을 보거나 휴대폰을 만지작거리거나 숙제를 하는 거 아니었나…….

"잠깐만 기다려! 조금만 기다려줘. 미안해."

"왜, 왜?"

"저기……, 마음의 준비라든가, 그런 식으로 각오할 필요가 있으니까."

나는 밟아선 안 되는 지뢰를 밟은 건지도 모르겠다.

쉽사리 말할 수 있을 만한 행동이 아닌 거야? 후시미.

⑤ 휴일의 미행

점심시간. 나는 물리실에서 토리고에게 어제 품었던 의문에 대해 물어보았다.

"후시미가 혼자서 뭘 하는지 알아?"

"몰라. 혼자 있는 시간은 누구에게나 있는 법이고, 뭘 하든 상관없지 않아?"

뭐, 그야 그렇지만.

마나가 싸 준 도시락의 달걀말이를 하나 입에 넣고는 생각할 시간을 만들었다.

토리고에도 모른다. 아니, 흥미가 없는 것 같다.

마음의 준비를 할 필요가 있다는 게 무슨 뜻이지?

보아하니 말할 수는 있지만 좀 껄끄럽다는 분위기였는데.

"이상한 짓을 할지도 모르지."

"그럴 리가 없잖아."

무심코 토리고에를 봐 버렸다.

"농담이니까 진지하게 받아들이지 마."

냉정한 대답이 돌아왔기에 껄끄러워진 나는 입을 다물었다.

"여자애한테는 이런저런 게 있거든. 남자애들처럼 속 편하게 사는 것도 아니고."

"이런저런 거?"

"자신을 갈고닦는 거라든가?"

거들먹거리는 느낌인 토리고에의 이미지와는 맞지 않는 단어가 나왔기에 약간 우스워졌다.

"후시미 양은 남몰래 노력하는 사람인 것 같으니까 의외로 그럴지도 몰라."

"그런 거야?"

"시험 보기 전에 공부 안 했는데~, 큰일이야~라고 해놓고 착실하게 해온 타입이라고 해야 하나?"

"아……."

그 모습은 교실에서 몇 번 본 적이 있다.

"갈고닦기, 말인가……. 뭐 하는지 물어봤거든. 마음의 준비를 해야 하니까 기다려달라고 하던데."

"마음의 준비?"

토리고에도 고개를 갸웃거렸다.

어제 마나에게 똑같이 물어봤더니.

『오빠야, 뭔데? 의외로 속박하는 타입? 그러지 않는 게 좋을 걸~? 나만큼은 그 애에 대해 뭐든지 알아두고 싶다, 라고는 생각하지 마.』

그렇게 자중하라고 했다.

시노하라는 나한테도 가면을 쓰고 있는 거 아니냐고 했는데, 실제로 어떨지는 모른다.

갑자기 '소꿉친구'라는 가면을 쓰기 시작했을 가능성도 전혀 없진 않다.

"그럼 말이지. 쫓아가 볼래?"

일요일. 제안을 받아들인 나는 토리고에와 시노하라, 셋이서 역 앞에 모였다.

"좀 두근거리네."

이미 형사 같은 기분이 된 시노하라는 단팥빵을 사람 수만큼 사 왔다.

의욕이 넘치시네.

"어제는 뭐 했어?"

토리고에가 물었다.

"어제는 집에서 마나하고 후시미까지 셋이서 게임을 하거나, 만화를 읽거나, 적당히 지냈지."

"The 소꿉친구라는 느낌이네."

"응, 그렇지."

'일요일은 일정이 있거든'. 후시미가 그렇게 말했기에 토요일에 놀기로 했던 것이다.

토리고에나 시노하라에게 물어봐도 놀기로 약속하진 않았다고 했기에 뭔가 있는 거 아닐까? 그렇게 생각하며 오늘 이렇게 모이게 되었다.

후시미네 집 근처까지 가자 마침 집에서 나온 모습을 보았다.

그늘에 숨어서 몰래 뒤를 쫓아갔다.

"어디 가는 거지?"

내 질문에 대답해주는 사람은 없었고, 조용히 몰래 따라가자 후시미가 전철을 탔다.

목적지는 번화가인 하마야역. 언젠가 둘이서 갔던 곳이다.

"자, 잠깐만, 나———, '삑'이 아니라 표라서———, 하차 정산을 해야———."

개찰구 앞에서 지갑을 찾고 표를 찾고, 매우 허둥대는 시노하라.

"먼저 간다. 놓치겠다고."

"잠깐만———, 기다려."

시노하라는 두고 가기로 했다. 안녕.

토리고에는 마음에 걸리는 것 같았지만, 호기심이 더 강했는지 나를 따라왔다.

"여동생이 말했던 것처럼 옷 센스가 좀 그렇네……. 후시미 양은 저런 옷차림으로 하마야 근처를 돌아다녀도 괜찮은 걸까? 여고생으로서."

토리고에는 '이런~' 하고 말할 것 같은 기세였다.

"아, 저건 후시미 양 나름대로 주위 사람들의 분위기를 편하게 만들어주려고 하는 개그인가……? 개인기……?"

"개그가 아니에염, 이라면서 울상을 지을 테니까 그러지 마."

후시미를 쫓아가자 큰길에서 골목으로 들어가 상가 건물에 도착했다.

"어쩌지, 진짜로 '이상한 짓'을 하고 있으면."

"그러지 마. 나도 방금 똑같은 생각을 했으니까."

건물 자체는 컸고, 다양한 곳에서 임대하고 있는 모양이었다.

3층과 4층에 꽃꽂이와 다도 등 다양한 컬처 스쿨이 있는 것 같다.

건물 임대 일람을 보고 안심한 나는(아마 토리고에도) 가슴을 쓸어내렸다.

후시미가 탄 낡은 엘리베이터는 4층에서 멈춰 있었다.

안내판을 보니 4층에는 서예 교실과 주판 교실, 그리고 기타 회의실이 있는 듯했다.

조용한 와중에 희미하게 목소리가 들렸다. 서예 교실 선생님과 주판 교실 선생님의 목소리인 것 같았고, 교실이 가까워지자 확실하게 귓가에 닿았다.

철컥, 다른 방에서 사람이 나왔다. 초등학교 고학년 정도의 남자애였다.

화장실에 가는 모양이다. 저 애는 무슨 교실에 다니는 걸까.

"타카모리 군, 저거 봐. 방금 저기서 나왔어."

토리고에가 손가락으로 가리킨 곳에는 '하마야 액터즈 스쿨'이라고 적혀 있었다.

"흐음. 액터즈라, 액터즈⋯⋯."

"그런 것 같아. 후시미 양도 저기에 간 걸까?"

"저기⋯⋯, 액터즈가 뭐야? 무슨 뜻인데."

내 질문에 토리고에도 미심쩍은 표정을 지었다.

"휴대폰으로 검색해 봐. 거기 전부 나와 있어."

모르는 거면 폼을 잡지 말라고.

화장실에 다녀온 남자애가 우리를 수상쩍게 보며 지나쳤다.

문이 열렸을 때 한순간 후시미 같은 뒷모습이 보였다. 촌티를 입고 이 번화가에 오는 녀석은 후시미 말고 없을 것이다.

"후시미 양, 액터즈의 스쿨에 다니는구나."

전 무슨 뜻인지 알아요, 하는 표정을 지으며 토리고에가 말했다.

"액터즈라면 딱히 이상한 것도 아닌데 말이지."

"그렇지."

그 액터즈가 뭔지 모르는 우리의 이야기는 매우 두루뭉술했다.

"따라잡았다."

단팥빵 배달부가 숨을 헐떡이며 도착했다.

"후시미 양이 여기 있어?"

""그런 것 같아.""

그렇구나, 하고 시노하라 배달부가 중얼거렸다.

"하긴, 여기라면 말하기 껄끄러울지도 모르겠네. 놀리면 싫을 테고. 그러지 않더라도 이상한 눈으로 보는 사람도 있을 테니까."

""아~, 그렇겠네.""

발돋움을 하며 안을 들여다보려 하는 시노하라.

"그렇다면……, 사무소 같은 곳에 소속되어 있으려나?"

""사무소.""

"여자애들에게 알려지면 쓸데없이 질투할 수도 있을 테니까 말하기 껄끄럽기도 하겠지."

""그렇겠네.""

"여배우나 성우가 되고 싶은 걸까?"

""어?""

"그런 거잖아, 액터즈라면."

방 안에서 발성 연습을 하는 소리가 들리기 시작했다.

상가 건물을 나선 다음, 우리는 마침 보인 카페 체인점에 와 있었다.

"딱히 뜻밖인 것도 아닌 것 같은데."

토리고에가 카페라떼를 후후 불면서 살짝 마셨다.

"그래?"

"시이가 무슨 말을 하고 싶은지는 대충 알겠어."

시노하라도 똑같은 의견이었던 모양이다.

"세이 여고에도 저렇게 예쁜 애는 없으니까."

"그래?"

나, 아까부터 그래? 라는 말만 하고 있네.

토리고에도 그렇고 시노하라도 후시미가 연예계로 진출하려는 것이 이상하지 않은 모양이었다.

대학교에 같이 가기로 약속했다고 후시미가 말했었기에 나는 약간 가슴이 답답하다는 게 솔직한 감상이었다.

"후시미는 대학교에 간다고 했는데."

"여배우나 성우도 대학교에 가는 사람이 있잖아?"

그것도 그렇구나. 나는 그렇게 납득했다.

그야 진로에 대해 생각할 만도 하지. 고등학교 2학년이니까.

하고 싶은 일이 있는 녀석은 그쪽으로 노력하면 되고, 하고 싶은 게 생각나지 않는 녀석은 일단 대학교에 진학하면 된다.

"……."

토리고에가 나를 힐끔 보았다.

"아까부터 말수가 적네."

"그래?"

"타카료, 혹시 풀 죽은 거야? 나만의 히나가~?! 라는 식으로."

시노하라는 놀리듯이 쿡쿡 웃었지만, 지금은 거기에 맞춰줄 힘이 남아 있지 않았다.

"그런 식으로는 생각 안 해."

"너는 자주 봐서 익숙하니까 그런 식으로 생각하지 않을지도 모르겠지만, 후시미 양은 현 넘버원이라고 해도 과언이 아닐 정도의 미소녀거든?"

"뭐야, 갑자기."

그런 건 나도 알아.

"그런 여자애가 연기 같은 걸 하고 싶다고 생각해도 이상할 게 없잖아."

"그렇, 겠지."

나는 시원스럽게 대답하지 못했다.

이 마음은 대체 뭘까.

계속 미뤄두었던 숙제가 코앞으로 다가온 것 같기도 하고.

나도 무언가가 되고 싶었다. ⋯⋯그렇다, '무언가'가.

하지만 그 '무언가'라는 건 예전 그대로 무언가로만 남았고, 그게 얼마나 큰 건지, 어떤 모양인지, 어떤 색인지도 전혀 알 수가 없다.

계속 곁에서 보고 있었던 후시미는 내가 전혀 보지 못하는 '무언가'를 이미 자기 마음속에 품고 있다.

그래서인지도 모르겠다.

공부가 아니라, 운동도 아니라, 외모도 아니라, 누구나 평등하게 가질 수 있는 것을 이미 후시미가 가지고 있으니 조금 놀라버린 것 같다.

"……후시미가 딱히 내 것도 아니고, 뭘 하든 상관없지 않나?"

두 사람이 빤히 바라보고 있다.

"들었어? 시이. '내 것이 아니야'라는데."

"그, 그런 건 됐고."

시노하라가 발로 토리고에를 건드리자 토리고에가 살짝 반격했다.

아직 블랙으로는 마시지 못하는 커피를 한 입 마셨다.

혀에 잘 달라붙고, 약간 달달하다.

후시미는 이미 블랙으로 마시고 있을까.

예전의 후시미에 대해서는 알고 있지만, 나는 지금의 후시미를 거의 알지 못하는구나.

"물론 오늘 있었던 일은 비밀이다? 후시미 양이 이야기를 꺼낼 때까지 아무도 말하지 마."

"나도 알아."

후시미는 각오가 될 때까지 기다려달라고 했다. 반대로 말하자면 그럴 생각만 들면 언제든 말할 수 있다는 뜻이다.

"아, 난 낮부터 일정이 있어서 여기서 해산하자."

시노하라는 그렇게 말하고 일어선 다음 아직 들고 있던 단팥빵을 우리에게 하나씩 나누어 주었다.

결국 먹지 못했네.

가게를 나간 시노하라를 유리창 너머로 바라보았다.

"뭐가 되고 싶은 걸까, 후시미 양. 역시 여배우려나?"

"그런 거 아닐까."

"후후. 질투하는 거야?"

"안 하거든? 아니, 누구한테 질투한다는 거야."

"글쎄."

토리고에가 입가만 움직여 미소를 지었다.

뭐라고 해야 하나, 마음속을 들여다보고 있는 것 같아서 껄끄러웠다.

"아니면 시기하는 거든지."

"이 이야기는 이제 그만하자."

"알았어."

토리고에는 그렇게 말하며 방금 전보다 더욱 활짝 미소를 지었다.

달그락달그락, 거의 다 먹은 커피를 스푼으로 저었다.

"미이, 이 녀석……."

응? 눈짓으로 물어보자 토리고에는 고개를 살짝 저었다.

"이제 뭐 할 거야? 아직 11시인데."

"타카모리 군, 집에 안 가?"

"아……, 그런 느낌이면 그렇게 할까."

"어———. 가고 싶은 곳이 있다고 하면 따라와 줄 거야?"

"있으면 같이 갈 건데. 모처럼 여기까지 나왔으니까."

"그럼, 잠깐만 기다려."

그녀는 급하게 휴대폰으로 뭔가 검색하기 시작했다.

"여기, 말인데요———, 어떠신가요."

"왜 존댓말을 하는 거야."

그녀가 내민 휴대폰 화면에 떠 있는 곳은 이 근처에 있는 대형 서점 지도였다.

"아, 응. 그러자."

"여기라면 다양한 책이 있고, 갖추고 있는 만화 같은 것들도 이 지역에서는 최강……."

갖추고 있는 상품이 최강이라는 말에 끌려서 나는 그 서점에 가기로 했다.

"진짜 크니까 조심해."

"뭘 조심하라는 거야?"

"미아가 되는 거라든가."

"내가 어린애야?"

"아니, 그게 아니라, 내가……."

"네가?"

무심코 웃어버렸다.

"방향치라서……. 익숙한 곳에서도 지금 어디 있고, 어디로 가고 있는 건지 모를 때가 있어."

착실할 것 같은데 뜻밖이네.

"그러니까, 데리고 가주세요……."

"아, 그래서 지도를 보여준 거구나."

이해가 된다.

다시 휴대폰 지도를 보고 어디에서 어디로 가면 되는지 확인했다.

다행히 걸어서 5분 정도 만에 갈 수 있는 거리였기에 길을 헤맬 걱정은 안 해도 될 것 같다.

"좋아하는 작가의 신작이 나온 모양이라서, 좀 신경 쓰였거든."

가게를 나서자 비가 뚝뚝 떨어지기 시작했다.

어느새 하늘이 흐려졌고, 비도 더 많이 내릴 것 같은 느낌이었다.

근처 편의점으로 들어가 더치페이로 우산을 샀다.

"내가 같이 써도 되는 거야?"

"같이 산 거니까 토리고에게도 쓸 권리가 있잖아."

"……그렇, 지. 고마워……."

그녀는 작은 목소리로 고맙다고 인사를 하고는 조심스럽게 안으로 들어왔다.

비가 더 많이 내리기 시작한 와중에 길을 헤매지 않고 그 서점까지 다다랐다.

처마 밑에서 우산에 묻은 빗방울을 털어내고 있자니 토리고에가 불만스럽다는 듯이 고개를 갸웃거리고 있었다.

"……의외로 가깝네."

"응. 다행이야. 비도 내리기 시작했으니까."

"……좀 더 멀어도 되는데."

Illustrations copyright © Fly

"젖잖아."

내가 그렇게 말했을 때 토리고에는 이미 등을 돌리고 가게 안으로 들어간 참이었다.

가게 안은 꽤 넓었고, 5층 건물 한 채가 통째로 그 서점이었다.

나는 만화 코너에서 신경 쓰이는 작품을 찾거나 모으고 있는 작품의 신간이 나왔는지 찾아보고 있었다.

평범한 서점이라면 그렇게 해도 10분이 안 걸렸겠지만, 토리고에가 말한 것처럼 갖추고 있는 상품이 최강이었기에 한 시간 정도 그렇게 시간을 보낼 수 있었다.

따로 행동 중인 토리고에는 아마 소설 코너에 있을 것이다. 참고로 그곳은 2층.

한순간이나마 데이트인가? 그렇게 생각해버린 나 자신이 부끄럽다.

하지만 양쪽 다 목적만을 위해 행동하고 나중에 합류하는 건 매우 이치에 맞는 것 같다. 두리번거릴 때 상대방을 신경 쓰지 않아도 되니까.

"……."

널찍한 점포 한구석에서 소설 코너에 있을 거라 생각했던 토리고에를 발견했다.

그녀도 내가 온 걸 눈치챘다.

"아, 미안. 야한 만화를 찾고 있을 것 같아서 따로 다니려고 했는데."

"잠깐. 내가 야한 만화를 찾는다는 걸 전제로 하지 마."

같은 반 여자애랑 서점에 왔는데 그런 위험을 무릅쓰겠냐고.

참고로 토리고에가 들고 있던 것은 약간 과격한 만화였다.

"이 BL, 후시미 양에게도 추천할까 싶어서."

"나한테 그런 현장을 들켰으니까 좀 당황하지 그래."

그녀가 들고 있던 만화의 표지에는 상반신 알몸인 훈남들이 서로 뒤엉켜 있었다.

"취향이 전혀 다른 사람에게는 추천 안 해. 그리고 읽었던 소설 중에 그렇게도 받아들일 수 있는 소설이 있었고, 후시미 양이 그 책을 재미있다고 했으니까."

보아하니 토리고에는 후시미의 내면에 잠들어 있던 소양을 느낀 모양이다.

"그건 BL이지, 하면서 미이랑 그 소설에 대해 이야기를 나누었거든."

시노하라, 너까지.

"그러니까 말이지, 문학이야, BL은."

심오한 말…… 인 것 같다.

아니 심오한 건가? 전혀 모르겠다.

"타카모리 군도 읽어볼래?"

"추천하지 말아줘. 열면 안 되는 문이 열리면 어떻게 할 건데."

"그럼……, 곤란하긴 하겠네."

"그렇지?"

나는 한숨을 쉬며 그렇게 말했다.

아까부터 근처에 있던 여자 손님들의 시선이 따가워서 견딜 수가 없다.

"그럼 간다."

나는 원래 있던 만화 코너로 돌아갔다.

정신을 차리고 보니 여성용 속옷 매장에 있었던 것처럼 이상하게 가슴이 두근거리는 느낌에서 해방되었다.

"그렇게 포교를 해서 동료들을 늘리고 있는 건가?"

사이좋게 지낼 수 있는 도구 중 하나라면 나름대로 괜찮겠지만, 거기에 푹 빠진 후시미의 모습은 상상하기 힘들다.

신경 쓰이던 만화와 신간을 각각 한 권씩 가져가서 계산을 마쳤다. 그때쯤 토리고에도 선별을 마쳤는지 계산대에 줄을 서 있었다.

"배고프네."

서점을 나선 다음, 우리는 정처 없이 거리를 돌아다녔다.

시간은 이미 정오가 지났다.

지갑에 남은 돈을 확인한 다음, 둘 다 아직 여유가 있었기에 마침 보인 패밀리 레스토랑에 들어가서 밥을 먹으며 쉬기로 했다.

"미이하고 사귈 때는 어땠어?"

주문한 햄버그 세트가 나오기 전까지 기다리던 동안, 토리고에가 슬쩍 물어보았다.

"사귄 적 없어. 벌칙 때문에 고백받은 것뿐이라고."

"어?"

그때까지 휴대폰을 만지작거리고 있던 토리고에가 허를 찔린 듯이 고개를 들었다.

"아니, '못 사귀면 죽을 거야'라고 한 거 아니야?"

"내가 그렇게 무언가를 정열적으로 어필하는 캐릭터로 보여?"

토리고에는 듣고 보니 그러네, 하며 굳은 표정을 지었다.

"시노하라가 말했던 건 전부 반대야. 그 녀석이 했던 짓을 내가 했던 거라고 말했단 말이지."

"……어쩐지 뭔가 이상하다 했어."

여자 점원분의 앙칼진 목소리와 함께 햄버그 세트 2인분이 나왔다. 나는 그걸 먹으며 알고 있는 대로 토리고에에게 말했다.

"……그래서 뭐, 사흘 만에 차였다고."

흐음, 토리고에가 소리를 냈다.

"그럼 아무것도 안 했구나?"

"손도 안 잡았어."

토리고에는 그렇구나, 하며 나이프와 포크로 햄버그를 잘라서 입에 넣었다.

나는 귀찮아서 젓가락을 쓰고 있다.

"흐음, 그렇구나."

몇 번을 말하는 거야.

"미이답다고 해야 하나. 고집쟁이니까 자기가 애원했다고 생각되는 게 부끄러웠을지도 몰라. 아니면 미이 마음속에서는 누구에게도 알리고 싶지 않은 흑역사일 수도 있고."

"내가 시노하라의 흑역사냐?"

토리고에는 쿡쿡거리며 살짝 웃었다.

당근 소테를 포크로 찍어서 냠, 먹었다.

"키스는."

"물론 안 했지."

"누구하고도? 후시미 양하고는?"

한순간 전철 안에서 부딪혔던 게 생각났지만, 그건 노 카운트다. 사고다.

"안 했어."

오늘 몇 번째인지 모를 '흐음, 그렇구나'를 입에 담는 토리고에.

표정에 생각이 잘 드러나지 않는 토리고에가 그렇게 말하니 왠지 관찰당하고 있는 기분이 든다.

"토리고에는? 경험 있어?"

"있을 것 같아?"

"의외로 있을지도 모르지."

"글쎄."

"말해, 나는 말했잖아."

"상상에 맡길게."

"그게 무슨 소리야."

재미없네. 내가 그렇게 어이없다는 듯이 말하자 토리고에는 신이 나서 어깨를 흔들었다.

그런 다음 진지한 표정을 지으며 말했다.

"경험이 없는 쪽이 이상한 걸까?"

"여자애들은 일찍 성숙해지는 녀석들이 많으니까 남자들보다 경험한 사람이 더 많지 않을까? 그렇다고 해서 이상하다는 건 아닌 것 같지만……."

이런 이야기를 남자인 나한테 하지 말라고.

거리낌 없이 이야기해주는 건 괜찮지만.

"화장실 같은 곳에서 말이지, 남자친구하고 키스했다든가, 그다음이 어쨌다든가, 자랑하는 듯이 떠드는 사람이 있거든. 그리고 다들 '그렇지~'라는 말투로 맞장구치고. 나는 전혀 이해가 안됐어. 좋아하는 사람하고 그런 행동을 해보고 싶다며 망상한 적은 있지만, 그걸 입 밖에 내면서 마음을 친구랑 공유하고 싶다는 생각은 안 드니까."

좋아하는 사람하고 그런 행동을 해보고 싶다고———?

"……."

"왜 그래? 얼굴이 빨간데."

"아무것도 아니야."

토리고에는 그럴 생각으로 말한 게 아닌데, 입술 쪽으로 눈과 의식이 쏠려버렸다.

토리고에는 고개를 살짝 갸웃거리며 계속 말했다.

"그런 애들은 자기가 순정만화 안에 있는 것처럼 말한단 말이지. 듣는 쪽도 그래서, 그래서? 그렇게 계속 말하라고 부추기고. 나도 혹시 한 달만 빨랐다면 그런 식으로 순정만화 속으로 들어갈 수 있었을까 싶어서."

"그런 이야기는 나한테 하지 말라고."

"미안해. 다른 뜻은 없는데, 이야기하기 편해서 나도 모르게."

"그렇게 평가해주는 건 기쁘네."

햄버그 세트에 포함되어 있던 드링크바의 음료수를 가져오려고 자리에서 일어났다.

"어라, 료 군."

"아, 안녕하세요."

후시미의 아버지———, 츠네히사 씨가 있었다. 동그란 안경
에 자상해 보이는 외모는 예전에 만났을 때와 전혀 달라진 게 없
었다.

츠네히사 씨의 얼굴도 정말 잘생긴 걸 보니 후시미는 부모님의
장점만 받아서 태어난 것 같다.

츠네히사 씨가 있던 박스석은 나와 토리고에가 있던 자리와 가
까웠다.

같이 있는 사람은 후시미를 추적할 때 봤던 남자애와 그 어머
니로 보이는 사람이었다.

액터즈 스쿨이 끝나고 식사를 하러 온 모양이다.

"히나도 좀 전까지 있었는데 그냥 됐다고 하면서 가버렸거든."

"그랬군요."

이 자리에서는 우리 자리가 잘 보인다.

⑥ S급 미소녀의 장래

츠네히사 씨는 가끔 후시미의 레슨을 견학하러 온다고 한다.

"어, 몰랐어? 뜻밖이네. 레슨에 대해서 료 군에게 말했을 것 같았는데. 뭐, 나도 사실 찬성하는 건 아닌데, 이왕 하게 되었으니 응원해줄까 해서."

츠네히사 씨는 그렇게 말하며 웃었다.

그 답답했던 느낌은 얘기를 듣지 못했기 때문일까, 아니면 다른 원인이 있는 걸까.

자리로 돌아오자 토리고에는 내가 방금까지 있었던 곳을 힐끔 보고는 오렌지 주스를 마셨다.

"방금 그 사람, 아는 사람이야?"

"후시미네 아버지."

"그렇구나."

"토리고에는 뭔가 생각한 거 있어? 고등학교를 졸업한 다음 계획."

"계획이라니."

"그럼 뭐라고 해야 하는데."

"그러게……. 지금이라면 후시미 양의 마음도 이해가 되는 것 같아. 뭘 하고 싶은 건지 말하지 않았던 거."

토리고에는 빨대로 컵 안을 쓸데없이 휘저으며 빙글빙글 돌아가는 오렌지 주스를 바라보고 있었다.

"이해가 된다니, 뭐가?"

"그런 건 일일이 말하는 게 아니잖아. 소년만화의 주인공도 아니고 말이야. 뭔가 되고 싶다면서 큰 목소리로 선언하는 거, 보통은 안 하잖아."

"뭐, 그렇지……."

"그걸 간단히 말하지 않는 부분이 왠지 리얼하네. 후시미 양에게는 동경하는 거나 꿈처럼 어렴풋한 게 아니라는 뜻이겠지."

토리고에다운 냉정한 정론……, 적어도 나는 정론이라 생각한 그 이야기를 듣고 후시미가 어째서 함부로 말하지 않았는지 이해가 되었다.

"그런 건 말이지, 가슴속에 품어두는 거잖아."

토리고에는 기본적으로 무표정하지만, 지금은 '방금 좋은 말 했지?'라는 듯이 우쭐대는 표정을 짓고 있었다.

"츠네히사 씨……, 후시미 파파네 이야기에 따르면 연기나 연극, 그쪽 계열이라는데."

"노력가인데다 일편단심인 것 같으니 텔레비전에 나오는 여배우든, 성우든, 무대 여배우든 다 될 수 있을 거야. 후시미 양이라면 뭐든지."

가슴이 철렁했다. 이 기분은 뭐지?

"…………그럴지도 모르지."

나는 그 말만 겨우 소리 내어 했다.

이 화제는 그걸로 끝이었고, 토리고에가 다른 이야기를 꺼냈다.

물리실에서는 그렇게 이야기를 많이 하지 않는데 오늘은 이야기를 잔뜩 했다. 나도 덩달아 이것저것 이야기했다.

저녁쯤에 패밀리 레스토랑을 나와서 하마야역에서 헤어진 다음, 토리고에는 나와는 반대 방향 승강장으로 향했다.

먼저 그녀가 전철을 탔고, 창가에 있는 걸 발견해 바라보니 눈이 마주쳤다. 토리고에는 살짝 웃으며 손을 흔들었다.

나도 손을 흔들어 주었다.

띵동, 전자음이 울리며 메시지를 수신했다. 토리고에가 보낸 메시지다.

『함께 다녀줘서 고마워. 즐거웠어』

별말씀을. 그렇게 답장을 보냈다.

그러자 곧바로 읽었다는 표시가 붙었다.

또 메시지가 와서 보니 이번에는 토리고에가 아니라 후시미가 보낸 메시지였다.

『오늘은 토리고에 양하고 놀았어? 나도 불러주지~』

불만스러워하는 표정이 금방 머릿속에 떠올랐다.

『그 패밀리 레스토랑에 있었다며, 우리 쪽으로 오지 그랬어』

이쪽도 읽긴 했지만 답장이 좀처럼 오지 않았다.

불러주지라고 하는데, 너는 레슨 일정이 있었잖아.

그걸 메시지 화면에 입력하다가, 전부 지웠다.

집에 도착하자 오늘 저녁밥은 카레인 것 같다는 걸 금방 알아

차렸다.

자전거를 항상 세워두는 주차장 옆에 자전거를 두고 집으로 들어갔다.

부엌을 들여다보니 카레가 든 냄비를 젓고 있는 어머니가 있었다.

"다녀왔습니다 안 하니?"

"그걸 요구하기 전에 할 말이 있을 텐데."

"어서 오렴."

"다녀왔습니다."

오늘은 야근을 하는 모양이다. 냉장고에 붙여둔 근무 일정표에 그렇게 적혀 있다.

"저기, 엄마는 왜 간호사가 됐어?"

"그런 건 왜 물어보는데?"

"아니, 그냥."

어머니를 힐끔 보니 장난을 배운 듯한 고양이 같은 표정으로 나를 바라보고 있었다.

"뭐니, 뭐니뭐니, 청춘~?"

"시끄러워, 아니라고."

"반항기네. 말버릇 좀 봐. 정말 무서워."

전혀 그렇게 생각 안 하면서.

"왜 됐더라?"

"이유 같은 건 이미 잊어버린 거야?"

"그렇게까지 세월이 많이 지나진 않았어."

어머니가 눈을 흘기며 나를 째려보았다.

"별생각 없이, 아닐까?"

"아, 그러셔……."

"오늘은 엄마 카레니까. 마나 카레가 아니라."

아, 그래. 나는 비슷한 대답을 했다.

보아하니 마나는 오늘 친구네 집에서 자고 온다며 나간 모양이었다.

"'오빠야가 신경 안 써주니까 이제 됐어어~'라고 하면서 나가더라."

"눈에 선하네."

"마나는 좋은 색시가 될 거야. 귀엽기도 하고, 가슴도 크고."

마지막에 말한 건 상관없지 않나?

어머니가 해준 엄마 카레를 먹고 자리에서 일어났다.

방에서 적당히 시간을 보내고 있자니 후시미가 전화를 걸었다.

"무슨 일이야?"

『아버지가, 이것저것 말해버렸다고 방금 들어서.』

"아……, 레슨 말이지."

『응. 숨길 생각도 아니라서 료 군에게는 언젠가 말하려 했는데.』

츠네히사 씨를 통해 알게 된 게 아니라 실제로 봤다는 말은 할 수가 없었다.

그런 다음 후시미는 어째서 그 길을 선택한 건지 말해주었다.

처음에는 중학교 때 본 연극이 계기였다고 한다.

직접 연기를 보고 그 열량이나 박력에 압도당해서 그쪽 길을 꿈

꾸게 되었다고 한다.

"그런 일이 있었구나."

『응. 료 군이 모르는 '나'지.』

그 말을 들으니 쓴웃음을 지을 수밖에 없었다.

"뭐든 알고 있는 건 아니구나. 우리 둘 다."

『분명히 내가 모르는 료 군도 있을 거야.』

그렇지. 나는 그렇게 대답했다.

중학교 3년 동안, 그리고 고등학교에서 1년, 합쳐서 4년이니 모르는 것도 있겠지.

『레슨 말인데, 솔직히 어떻게 생각했어……?』

토리고에에게 들었던 말이 입 밖으로 나왔다.

"후시미라면 아마 될 수 있을 거야. 여배우든, 무대 배우든, 뭐든 간에."

후시미는 쑥스럽다는 듯이 웃었다.

『고마워.』

그리고 이렇게 말했다.

『누구에게도 말하지 않은 건데, 나, 여배우가 되고 싶어.』

소년만화의 주인공처럼, 선언했다.

⑦ 질투와 재점화

◆후시미 히나◆

료 군과 전화를 마치고 휴대폰을 슬립 모드로 전환해두었다.

"……."

물어볼 수가 없었다. 낮에 있었던 일을.

패밀리 레스토랑에 들어간 순간, 창가에 두 사람이 있다는 걸 알았다.

잠시 상황을 지켜본 다음 아버지에게 먼저 간다고 말하고 집에 왔다.

토리고에 양은 이야기를 정말 많이 했고, 료 군도 맞장구를 쳐 주며 분위기가 좋았다.

그때, 그 테이블에 끼어들 용기는 없었다.

아무리 나라도 분위기 정도는 파악한다.

하지만 근처에 있고 싶지도 않았다.

어째서 단둘이 있어? 라든가.

료 군, 오늘 외출한다는 말은 한마디도 안 했는데, 라든가.

이야기하는 소리가 귓가를 스치기만 해도 그런 의문이 떠올랐 다가 사라졌다.

『저번에 말했던 만화, 샀으니까 다음에 줄게』

토리고에 양이 보낸 메시지를 받았다.

토리고에 양은 료 군에게 고백했고, 결과적으로는 차인 형태가 되었다. 하지만 곧바로 좋아하지 않게 되는 것도 아니다.

그런 건 당연한 건데, 나는 료 군을 안전한 곳까지 끌어냈다고 생각했다.

"원만하게, 무난하게 끝낼 순 없을까."

어렵네.

다음에 어떤 표정으로 토리고에 양을 보면 될지 모르겠다.

나라면 좋아하는 마음을 밀고 나갈 거라면서 큰소리를 쳤지만, 내가 한 말에 대해 자신이 없어지는 게 느껴진다.

료 군은 자기 옆에는 내가 제일 잘 어울린다———라는 말을 해 줬지만, 아직 그 우선 좌석은 내 것이 아닐지도 모르겠다.

시노하라 양이 사귀는 거냐고 물어봤을 때, 료 군은 별다른 고민도 하지 않고 사귀지 않는다고 대답했다.

고민 좀 하란 말이야.

침대에 엎드려서 베개에 얼굴을 파묻었다.

"고민하라고오, 바보……."

어플을 켜고 토리고에 양에게 답장을 보내기 위해 글자를 입력했다.

『고마워! 기대되네!』

뭔가 아니다. 너무 전형적인 답장이라 번지르르한 말을 하는 것 같다.

삭제. 삭제. 삭제.

『고마워』

이것만 보내는 건 붙임성이 없다.

삭제. 삭제. 삭제.

토리고에 양네 집 근처에는 서점이 없다. 언젠가 불만스럽게 말했었다.

그러니 그 만화를 산 거라면 분명히 오늘 샀을 것이다.

『료 군하고 데이트, 즐거웠어?』

느낌이 딱 왔다. 진심 중의 진심. 하지만……, 삭제. 아무리 그래도 이런 말을 할 수는 없다.

나와 이야기를 할 때는 공통적인 취미가 있어서 어느 정도 분위기가 살지만, 그런 식으로 즐겁게 이야기한 적은 별로 없다.

"그야 그렇겠지."

나도 마찬가지니까.

좋아하는 사람하고는 뭘 해도 즐거우니까.

◆토리고에 시즈카◆

『저번에 말했던 만화, 샀으니까 다음에 줄게』

메시지를 읽긴 했지만, 아직 답장은 오지 않았다.

저번에 말했던 만화라는 게 어떤 건지 모를지도 모르겠다.

작품 공식 홈페이지 주소를 적어서 다시 보냈다.

신이 나서 너무 들이댔던 걸지도 모른다. 그렇게 약간 반성했다.

미리보기 페이지가 있었기에 그쪽 주소도 보냈다.

『읽어봐』

떠올리기 편하라고 언제 어떤 때 그 이야기를 한 건지 입력하다가 손가락이 멈췄다.

……나, 초조해하고 있네.

아주 약간 느끼고 있던 죄책감.

친구가 좋아하는 남자애에게, 흐름상 자연스러웠다고는 해도 놀러 가자고 한 것.

하지만 나도 아직 좋아한다.

지옥급으로 둔감하고, 가끔 가슴을 철렁하게 만드는 말을 내뱉는 그를.

그 레슨이라는 게 끝나는 시간도 모르고, 딱 마주칠 일도 없겠지 싶던 부분도 서점 데이트를 하도록 밀어주었다.

오늘 후시미 양을 추적했던 것도 그녀에게는 말하지 않을 예정이었으니 타카모리 군도 굳이 입 밖에 내진 않겠지———.

예정대로라면 오늘 데이트는 나와 타카모리 군의 사소한 비밀로 끝났을 것이다.

하지만 어디까지나 예정은 예정이었다.

패밀리 레스토랑에 후시미 양이 있었다는 사실을 알게 되자 죄책감이 가슴속에서 뭉게뭉게 부풀어 올랐다.

우리를 보고 아무런 생각도 하지 않았다면 혼자 가지도 않았을 것이다.

"타이밍이 안 좋네……."

나와 후시미 양은 그런 운명으로 태어나버린 걸까.

어떤 부분은 상성이 좋은데, 매우 마찰이 일어나기 쉬운 측면이 있다고 해야 하나.

사과하는 것도 뭔가 아니고.

『그 이후로 단둘이서 뭐 했어?』

미이가 보낸 메시지.

싱글거리는 표정이 눈에 선하다. 단둘이 있게 해준 것 자체는 나이스니까 마음속으로 고맙다는 인사를 했다.

그 이후의 흐름과 후시미 양에 대해 설명하자 진지한 표정으로 땀을 흘리는 곰 스탬프가 왔다. 툭, 툭, 툭, 연속으로.

『이러면 내가 나쁜 사람이 되어버리겠는데』

『사귀는 게 아니라면 나쁜 사람은 아니겠지』

표면상으로는 말이지. 표면상으로는.

『군사님, 제가 대체 어떻게 해야 할까요』

『모르겠다』

믿음직하던 군사도 두 손 든 모양이다.

『타카료가 제일 잘못했다는 설ㅋㅋㅋㅋㅋ』

『그거 좋네ㅋ』

『그런데 진지하게 이야기하자면, 어쩔 수 없잖아. 좋아하니까』

글자로 보니 더더욱 쑥스러워졌다.

『타카료는 아마 공주님을 버거워할 거야』

아, 그렇구나.

왠지 오늘 느꼈던 타카모리 군의 똑 부러지지 않은 반응과 그 위화감.

버거워한다. 분에 넘친다. 그런 표현이 딱 맞는 것 같았다.

『글쎄』

이런 식으로 분위기가 바뀌면 좋겠다고 생각하면서도 부정적으로 말하는 건, 분명히 자신이 없기 때문일 것이다.

『모두가 돌아보는 큼직한 해바라기. 그에 비해 길가의 민들레』

어느 쪽에 비유를 한 건지 말하지 않아도 알 수 있었다.

『그 정도 차이는 있지』

『부정도 좀 해줘야지, 핵심을 찔러버린 것 같아서 껄끄러운데요』

『사실이니까』

『그래도 소년만화라면 불타오르는 전개지』

『……만화라면 말이지, 만화라면』

그렇다. 만화였다면 내가 대역전극을 펼쳤을 텐데.

어렸을 때부터 함께 지내왔고, 이미 가족 같은 관계……라는 이야기를 가끔 듣는데, 뭔가 계기만 생기면 순식간에 다음 단계로 나아가버릴 것이다. 그럴 만한 계기도 잔뜩 있다.

그런 소꿉친구, 치사할 정도로 강력하다.

하지만 싸울 수밖에 없을 것이다. 어느 한쪽이 포기하거나, 타카모리 군을 좋아하지 않게 되는 그날까지.

그녀와 내가 아무리 사이좋게 지낸다 해도, 같은 사람을 좋아하게 되어버렸으니까.

저번에 그건 제1라운드였을 뿐. 그때 져버렸을 뿐이다.

⑧ 소꿉친구들과 아웃도어 두 번째

"BBQ를 하고 싶어."

후시미가 매우 진지한 표정으로 그렇게 말했다.

"어어어⋯⋯."

나는 미묘한 느낌이었다. 하지만 토리고에는 그렇지 않은지 그 제안을 듣고 조용히 눈을 반짝이고 있었다.

"괜찮지 않을까?"

말하는 것보다 더 이 제안에 적극적이라는 건 눈을 보면 알 수 있다.

며칠 뒤로 다가온 골든 위크 때 뭘 할지, 공부하던 와중에 그 이야기를 하느라 정신이 팔려 있었다.

"친구가 있으니 BBQ 한두 번 정도는 하기 마련이지."

후시미가 의기양양한 표정으로 말했다.

그렇지, 하고 토리고에도 맞장구를 쳤다.

"셋이서 하는 것도 썰렁할 텐데."

"시노하라 양을 부르자."

"타카모리 군네 여동생도 부르면 모두 합쳐서 다섯 명."

'응, 결정됐네' 하고 말하려는 듯이, 두 사람은 서로 얼굴을 바라보며 고개를 끄덕였다.

친구들과 제대로 논 적이 없는 후시미, 그리고 비슷한 토리고에에는 BBQ를 약간 동경하는 모양이었다.

그러는 나도 친구들과 BBQ 같은 걸 해본 적이 없기 때문에 즐거운지 어떤지 잘 모르는 상황이다.

그래도 귀찮을 것 같다는 이미지만은 있었다.

"그, 뭔가 좀 더 골든 위크다운 게 있지 않을까?"

""뭔가? 그게 뭔데?""

결탁했을 때는 파워가 굉장하네.

뭐냐고 물어봐도 딱히 생각나는 건 없는데.

"마나도, 봐. 오빠야가 없어도 오케이래."

후시미가 그렇게 말하며 휴대폰 메시지 화면을 보여주었다.

그 말 그대로의 메시지가 마나에게서 와 있다.

내가 빠지면 마나도 자동으로 빠질 것이라는 2인 1조 시스템이 쉽사리 붕괴되었다.

시노하라하고는 접점이 없을 텐데, 마나는 그런 걸 신경 쓰지 않겠지. 그 녀석은 인싸니까.

"료 군은 BBQ에 기분 나쁜 기억이라도 있어?"

"아니, 없는데."

초등학생 때 여름방학에 친목회 같은 걸 하면서 해본 정도다.

"초등학교 3학년 여름방학 때 했었잖아. 그땐 정말 즐거웠어~."

수영장에 가고~, BBQ하고~, 불꽃놀이하고~, 그렇게 후시미가 손가락을 꼽으며 추억에 대해 이야기했다.

"……나, 불꽃놀이도, 하고 싶어."

"응, 하자."

"추억에 남을."

"골든 위크로."

"'만들자.'"

꽈악, 악수를 나누고 있다.

두 사람의 추진력이 장난 아니다.

"료 군도."

후시미가 100퍼센트 미소로 다른 한쪽 손을 내밀었다. 그러자 토리고에도 마찬가지로 손을 내밀었다.

나도 끼라는 건가?

"알았어."

어쩔 수 없이 받아들이기로 했다.

"이러쿵저러쿵하면서도 제일 즐기는 타입이거든, 료 군은."

"아니거든?"

"츤데레구나, 타카모리 군."

"나는 BBQ에 굴복하지 않아. 절대로."

"아, 이거 굴복하는 거네."

"응. 그렇지."

그 이후로는 공부를 제쳐두고 장소나 식재료를 어떻게 할지, 준비에 대해 이야기를 하기 시작했다.

나는 공부보다 그게 더 재미있으니 두 사람의 이야기를 들으면서 적당히 맞장구를 치거나 의견을 내놓기도 했다.

"후시미, '학교' 쪽은 괜찮아?"

"어? 아, 응."

후시미는 토리고에도 그 사실을 알고 있다는 걸 알고 있다.

"사실 연휴 마지막 날에 극단 공연이 있거든. 그때 잠깐 나가게 되었어."

그녀는 그렇게 말하며 쑥스럽다는 듯이 웃었다. 지금은 그때를 대비해서 연습 중이라고 한다.

"어떤 이야기인데?"

토리고에가 달려들자 후시미는 그 공연에 대해 가르쳐 주었다.

보아하니 몇 번 공연이 이루어지고 후시미는 그중에 한 번 나가게 된 것 같았다. 같은 배역이 두 사람 더 있어서 날짜에 따라 교대한다고 한다.

그 극단에는 그 스쿨 출신 사람이 여러 명 있어서 원하면 면접도 봐주는 모양이었다.

오리지널 현대극이고, 후시미가 맡은 역할은 주인공(30대 여자)의 딸이라고 한다.

"대사는 그렇게 많지 않고, 중학생이라는 설정인데 이상하지 않아? 난 고등학교 2학년인데."

토리고에가 후시미의 일부를 보고 '그런가?' 하며 고개를 갸웃거렸다.

"위화감은 없으니까 괜찮을 거야."

……방금, 가슴을 봤지?

"그럼 다행이고."

후시미의 순수한 미소가 눈부셨다.

"열심히 해."

"응. 열심히 할게요."

토리고에가 시노하라를 불렀는지 이쪽으로 오게 되었다.

시노하라와 합류한 다음, BBQ 회의를 하기 위해 근처 공원에 왔다.

아무도 없는 정자를 빌려서 목제 테이블에 넷이서 둘러앉았다.

"BBQ라니, 어째서 그런 걸."

다른 것도 있잖아, 라며 시노하라는 어이없어했지만, 대충 찬성하는 모양이었다.

"우리 여동생도 올 건데, 괜찮겠어?"

"아, 마나? 괜찮아."

알고 있네.

"뜻밖이라는 표정이네. 난 마나하고 같은 학년인 남동생이 있어서 가끔 이야기를 들어. '갸루 타카모리 양' 소문."

그 녀석은 여러 가지 의미로 눈에 띄니까.

본격적으로 이야기를 나누고 있자니 가로등이 켜졌고, 주위가 어두워졌다는 걸 알게 되었다.

다섯 명이서 메시지 그룹을 만들고 자세한 이야기는 거기서 하자고 한 다음 해산했다.

"기대되네……."

집에 가는 길에 후시미가 황홀한 표정으로 중얼거렸다.

"그렇게까지 기대하는 걸 보니 개최하는 보람이 있네."

"사실 토리고에 양하고 사이좋게 지내게 되었을 때부터 제안하자고 생각했거든."

그래서 강하게 밀어붙인 거구나.

이것저것 계획에 대해 말한 다음, 이야깃거리가 떨어지자 후시미가 갑자기 말했다.

"료 군도 같이 해보지 않을래?"

"연극? 아무리 그래도 나는 아니지."

"의외로 푹 빠질지도 모르는데?"

"할 거면 스탭 같은 게 나은데."

"……있어. 스탭 일. 연극은 연기하는 사람만의 것이 아니니까."

생각했던 것보다 진지한 표정이라 약간 당황했다.

"할 거면 말이고, 할 생각이 없으니까."

"그렇구나."

그런 다음 나는 후시미가 하는 이야기를 들었다.

"배우는 모두가 미남이 아니어도 되거든? 그런 이미지가 강하긴 하지만. 조연이라서 빛나는 사람도 있고."

후시미는 그렇게 말하며 나를 그쪽 길로 끌고 가려 했다.

"초보도 많으니까 마음이 편할 텐데~?"

이쪽을 힐끔거리면서 은근슬쩍 포교하고 있다.

"알았어, 알았어. 생각해볼게."

"앗싸. 확실하게 생각해줘!"

빛나는 듯한 표정이었다.

"진심으로 해보면 즐거울 거야. 분명히."

후시미의 목소리가 진지한 톤으로 돌아왔다.

"나도 아직 시작한 지 반년 정도밖에 안 되어서 어렵고, 잘 되지 않아서 고민도 많이 했지만, 그만큼 뭔가 감을 잡았을 때의 느낌은 다른 걸로는 맛볼 수가 없을 테니까."

후시미가 또 만화 주인공 같은 말을 했다.

후시미의 이야기에서는 분명 자기가 주인공이겠지.

내 이야기의 주인공은 아직 미정이다. 지금까지는 아마 후시미일 거고.

골든 위크 첫날.

우리는 산속 오토 캠프장에 왔다.

"오빠야, 봐! 게, 게가 있어!"

개울 옆에 앉은 마나가 눈을 반짝이며 흥분해서 손가락으로 가리키고 있었다.

"창피하니까 너무 들뜨지 말라고."

어린애냐. 뭐, 멤버 중에서는 제일 연하지만.

참고로 오늘 최연장자는 후시미 파파, 즉 츠네히사 씨다. 그다음이 어머니.

아무리 그래도 아이들끼리만 갈 수 있는 곳이 아니었기에 후시미네 집과 우리 집에서 보호자가 운전하는 차를 타고 BBQ를 하러 오게 되었다.

"마나, 귀여워……."

하아아, 후시미가 그렇게 황홀해하고 있었다.

무거운 짐은 나와 츠네히사 씨가 옮겼고, 여자들은 식재료 같은 것들을 옮기고 있었다.

"료 군은 아저씨하고 숯으로 불을 피울까?"

"네."

오토 캠프장이라 그런지 수돗가도 바로 옆에 있었고, 도구도 갖춰져 있었다.

"마나, 네가 제일 믿음직한 전력이니까 게하고 놀지 말고 이리 오렴~."

어머니가 담배를 한 대 피운 다음, 게에 정신이 팔린 마나를 불렀다.

어흠, 후시미가 헛기침을 했다.

"그럼 아버지하고 료 군은 불을 확실하게 피워줘. 나는 요리하고 올 테니까."

팔을 걷어붙이고 의기양양한 표정이었다. 토리고에가 씁쓸한 표정을 지으며 후시미의 어깨를 두드렸다.

"후시미 양은 다른 걸 해. 이쪽은 사람이 충분하니까."

"그, 그래?"

게와 놀다가 온 마나도 진지한 표정으로 고개를 끄덕이고 있었다.

호박찜 말고는 전부 음식물 쓰레기로 바꿔버리는 연금술사라고 했었으니까.

유한한 식재료를 다른 개체로 바꿔버리면 안 된다.

"……아니, 시노하라는 그냥 앉아있기만 하는 거야?"

"나는 됐어. 타카료에게 부채질을 하는 역할이니까."

"부칠 거면 숯을 부쳐……."

옆에 앉아있던 시노하라는 파닥파닥, 부채로 바람을 부쳐주었다.

시원하다.

신경 쓰여서 조리장 쪽을 보니 후시미가 집게와 철망을 꼼꼼하게 씻고 있었다.

"초등학교 이후로 처음인가? 히나가 이렇게 누군가와 휴일에 노는 게."

츠네히사 씨가 감격한 듯이 말했다.

나하고는 요즘에도 가끔 놀았는데, 나는 그 '누군가'에 들어가지 않는 모양이다.

불씨에서 옮겨붙은 불꽃이 숯을 오렌지색으로 물들이기 시작했다.

타닥타닥, 메마른 소리가 작게 반복해서 들렸다.

"철망이에요."

후시미가 깨끗해진 철망을 얹었다. 오늘은 패션 경찰의 지도에 따라 움직이기 편한 아웃도어 차림새였다. 모자를 쓰고 머리카락을 뒤로 묶었다.

"잠을 못 잤다나 봐."

츠네히사 씨가 후시미를 보며 말했다.

"너……, 소풍을 앞둔 초등학생도 아니고……."

"아, 아니야. 준비를 하다 보니까 우연히 시간이 늦어졌을 뿐이고…….”

마나가 썰어둔 식재료를 그릇에 담아서 가져왔다.

“그렇게 바보 취급하는데, 오빠야도 마찬가지잖아.”

“나는 그런 거 아니야. 잠을 못 잔 게 아니라, 잠을 설쳤을 뿐이라고.”

“마찬가지잖아.”

쿡쿡, 마나가 웃으며 다시 조리장으로 돌아갔다.

“어린애.”

시노하라가 비웃는 듯한 눈초리로 바라보았다.

“시끄러워, 중2병. 운명의 인도에 따르게 해버린다.”

“그건 옛날이라고! 지금은 평범해.”

찰싹찰싹, 부채로 연달아 나를 때려댄다.

“? ……왠지 어느새 사이가 좋아진 것 같네?”

후시미가 의아하다는 듯이 고개를 갸웃거렸다.

“사이가 좋아진 건 아닌데 말이지.”

“타카료는 고집쟁이 츤데레 녀석이니까 순순히 인정할 수 없는 거겠지?”

“너, 진짜……, 누가 츤데레야.”

고기 준비~, 고기 준비~, 츠네히사 씨가 그렇게 전철 안내 방송처럼 반복해서 말하며 아이스박스를 확인하기 위해 자리에서 일어섰다.

“그때도 솔직하게 좋아한다고 말해줬다면 좀 더 오랫동안 사귀었을지도 모르는데에.”

시노하라가 장난기 어린 표정을 지으며 부채로 쿡쿡 찔러댔다.

"그만해. 사귀지도 않았잖아."

벌칙 때문에 고백한 주제에.

"어? 그게 무슨 소리야?"

후시미가 깜짝 놀랐다. 그러고 보니 말을 안 했던가?

"시노하라가 중학교 2학년 때 고백했거든."

"그렇, 구나."

후시미가 '잠깐 화장실 좀'이라고 중얼거리며 자리를 비웠다.

모자 아래로 보이는 옆얼굴이 약간 슬퍼 보였다.

시노하라가 진지한 표정으로 물었다.

"저기, 말 안 했어?"

"일일이 말하진 않아."

"아……, 진짜……. 나도 경솔했네."

하늘을 올려다보며 시노하라가 중얼거렸다.

"하늘에 계신 신이시여. 부디 이 남자가 이번 BBQ 때 식중독에 걸리게 해주시옵소서."

"그만해. 왜 그렇게 불길한 소원을 비는 건데."

"진짜야."

시노하라가 한숨 덩어리를 내뱉었다.

"후시미한테 그 이야기는 하지 않았지만, 그건 벌칙 때문에 한 거고, 그냥 나를 놀린 것뿐이었잖아."

"벌칙이……, 아니니까 그렇지."

어?

나는 눈으로 확인하려고 시노하라를 들여다보았다.

그녀는 이쪽을 보지 않고 부채로 파닥파닥, 숯을 부쳤다.

"미안해. ……네가 벌칙이라고 예상한 걸 내가 맞장구쳐줬을 뿐이야. 그냥 말을 맞춰준 거지. 사실은 그게 아니야."

"아니라니……."

"나는 됐으니까 후시미 양을 찾아봐."

"그래도 화장실에 갔는데."

"그런 게 아니야."

만약에 진짜로 갔으면 어떻게 할 건데.

시노하라는 내가 당황해하는 것도 아랑곳하지 않고 '나도 사이 좋게 지낼 수 있을 것 같은 사람하고는 사이좋게 지내고 싶고, 미움을 사고 싶지 않아'라고 작은 목소리로 말했다.

"후시미 양이 알고 있는 줄 알고 함부로 말해버린 건 사과할게."

"벌칙 때문에 그런 게 아니었다고……, 그러면."

"시, 시끄러워. 3년 전 이야기보다는 지금이 더 중요하잖아."

시노하라가 연달아 찔러댔기에 나는 그제야 후시미를 찾기 위해 일어섰다.

일단 화장실 앞에서 기다려 봤는데, 후시미는커녕 다른 손님도 없어서 인기척이 전혀 없었다.

어디 간 거야, 후시미.

마나가 매우 흥분했던 개울을 따라 상류 쪽으로 올라가 보니 작은 폭포가 보였다. 돌계단을 내려간 곳에 모자를 쓴 여자애가 있었다.

돌계단을 내려가는데 후시미가 소리치기 시작했다.

"료 군은 바보야~~~~~~~~~~!"

폭포 소리 때문에 반쯤 묻히긴 했지만, 가까운 곳에 있었던 내게는 들렸다.

"뽀뽀, 해본 적 없다고 한 주제에~~~~~~~~~~~~!"

안 했다니까. 진짜로.

"어차피, 잔뜩, 잔뜩, 야한 짓도 했겠지~~~~~~~~~~!"

이 녀석, 아무도 안 듣는다고 생각하고 하고 싶은 말을 다 하네.

우오오오오, 그녀는 그렇게 소리 지르며 한 아름 정도는 되어 보이는 바위를 두 손으로 잡아서 폭포 아래쪽으로 내던졌다.

저렇게 가녀린 팔에 무슨 그런 힘이 깃들어 있는 거야.

"이봐~, 후시미 양~? 여보세요~."

"료 군은 변, 태…………, 응?"

다시 바위를 던지려 하던 후시미는 그걸 획, 내버렸다.

"무, 무슨 일이야, 료 군."

이제 와서 아무렇지도 않은 척 해봤자 소용없거든? 나는 고릴라 같은 힘을 똑똑히 봤으니까.

"설명을 좀 하게 해줘. 오해하고 있으니까."

"오해?"

돌계단에 앉아 시노하라와 있었던 일을 이야기했다. 옆에 앉은 후시미는 조용히 듣고 있었다.

"……사흘뿐이었어?"

"그래. 금방 '안 되겠다'라면서 차였지만. 그래서……, 키스도 하지 않았고, 그다음 것들도 물론 하지 않았고, 손도 잡지 않았고, 학교 끝나고 같이 돌아가지도 않았어."

"다우트."

"네?"

"료 군, 시노하라 양하고 방과 후에 한 번 같이 갔어. 단둘이서 말이지. 단둘이서."

후시미는 입술을 삐죽대며 매우 삐진 모드였다.

"말도 안 돼애……."

"나는 알고 있으니까."

"어떻게 알고 있는 건데."

"우연히 봐버렸거든. 약속을 어겼다, 하는 생각이 들어서 충격 받았으니까."

어떤 약속이었는지, 내가 그런 약속을 했는지, 그런 걸 지금 물어보면 괜히 더 꼬일 것 같으니 그냥 넘어가야겠다.

"뭐, 아무튼. 사흘뿐이어서 친밀한 관계가 되기 전에 끝났거든."

"그렇구나……."

슬쩍슬쩍, 발치의 돌멩이를 건드리고 있던 후시미가 들릴 듯 말 듯 할 정도로 작은 목소리로 조용히 말했다.

"아직, 아무하고도 안 했으면……, 첫 뽀뽀는 나하고, 했으면 좋겠어……."

내 손 위에 후시미의 손이 겹쳐졌다.

두근, 심장이 크게 뛰었고, 그 간격이 점점 짧아지기 시작했다.

두근, 두근, 두근두근두근━━━.

차가운 느낌이 남아있는 후시미의 손가락이 열기를 띠기 시작하는 걸 느낄 수 있었다.

입술을 약간 내민 후시미는 턱을 들었다.

이제 거의 기억이 나지 않지만, 어렸을 무렵 나는 아마 후시미를 좋아했고, 쉽사리 약속을 했던 모양이다. 첫 키스를 하자고.

숨을 한 번 들이마셨다.

해, 해도 되는 거지? 해도 되는 거지? 진짜로.

"오빠야~?"

그 목소리를 듣고 우리는 정신을 차렸다. 샤샤샤샤샤샤샥, 재빠르게 거리를 벌렸다.

이런 연계는 오랫동안 함께 지낸 덕분에 가능해졌을 것이다.

"아, 여기 있네! 정말, 왜 땡땡이치고 있어~? 아니, 폭포?! 폭포가 있잖아~?!"

눈을 반짝이며 깜짝 놀란 마나가 감탄하고 있었다.

"가, 갈까."

"으, 응…….."

원래대로라고 하기에는 아직 어색하다.

한동안 후시미의 얼굴을 못 볼 것 같다. 좀 전에 본 표정이 머릿속을 스쳐서 심장이 엄청 두근거릴 것 같으니까.

"히나랑 알콩달콩대고 있었던 거지~?"

이히히, 하고 웃는 마나에게 나는 '그그그, 그럴 리가 없잖아'라고 대답했다.

그게 알콩달콩에 해당되는지는 모르겠지만, 비슷하다. 마나는 농담을 한 거겠지만 확실하게 정곡을 찔렀다.

"……."

마나가 나와 후시미를 계속 번갈아 보았다.

"……어, 설마 밖에서."

"아, 아니야, 마나! 나는 그냥, 저기……, 눈에 먼지가 들어가서 료 군에게 불어달라고."

쌍팔년도 변명이야?!

"그래?"

오, 있는 그대로 받아들이네.

"뭐, 그런 거야."

"히나, 그럼 그렇다고 말해주지. 내가 거울을 빌려줬을 텐데에."

나른하다는 듯이 말하면서 제대로 된 대처 방법을 제안하지 말라고.

"그, 그렇긴 하네!"

연극을 배우고 있는 후시미도 역시 이럴 때는 국어책을 읽는 것 같았다.

"토리가 이런 모습을 보면———, 아……."

"그 두 사람은 찾았어?"

토리고에는 약간 숨을 헐떡이면서 땀을 뻘뻘 흘리고 있었다.

"……필사적이네, 토리도 참."

"사, 상관없잖아, 딱히."

"걱정했어? 여러 가지 의미로."

"나, 감이 좋은 꼬맹이는 싫어해."

"내숭 떨기느은."

정말, 하며 마나가 토리고에를 손가락으로 찔렀다.

우리를 발견한 토리고에가 관찰하듯이 빤히 바라보았다.

"……."

"토리고에 양, 벌써 준비 끝났어?"

애써 밝게 말을 건 후시미에게 토리고에가 대답했다.

"응. 이제 할 수 있는 것 같아."

"가자, 가자~."

후시미는 토리고에에게 재촉하듯이 말하며 먼저 걸어가기 시작했다.

"오빠야, 사실 야한 짓하고 있었지?"

"안 했다니까."

"너무 서두르다가 남대문을 미처 못 닫으셨는데요?"

"열지를 않았으니까 미처 못 닫지도 않았단 말이지."

남대문은 쳐다보지도 않았다. 여기 도착한 뒤로 아직 화장실도 안 갔으니까.

"정말, 안 걸려드니까 재미가 없어."

"네 수법 같은 건 예전부터 잘 알고 있거든."

놀리고 싶어~, 하며 내 여동생이 떼를 쓰고 있었다.

"뽀뽀, 할 뻔했어?"

"……감이 좋은 꼬맹이는 싫어해."

"미수였구나. 으흐흐, 사실 오빠야하고 처음 뽀뽀한 사람은 저예요~."

마나가 신이 나서 V자를 그렸다.

"진짜로?"

"잘 때, 쪽♡하고. 으흐흐."

"……어느 틈에."

아니, 여동생은 노 카운트지. 몇 살 때 했는지도 중요하고, 나는 자고 있었을 때기도 하고.

"토리가 정말 불안해했어. BBQ할 때 남녀 두 명이 사라지는 건 이벤트 발생 중이라고 떠들어대는 거나 마찬가지니까."

그런 이미지가 아니라서 더 그렇기도 하지만, 땀을 뻘뻘 흘리고 숨을 헐떡일 정도로 필사적인 모습은 상상하지 못했다.

돌아가자 이미 철망에는 고기와 채소가 얹혀 있었고, 지글지글 구워지고 있었다.

시끌시끌 떠들면서 고기 담당인 어머니가 집게로 접시에 올려준 고기를 먹었다.

이건 아마 좋은 고기일 것이다. 츠네히사 씨가 큰마음 먹고 사준 모양이었다. 숯불로 구운 좋은 고기. 당연하게도 맛있었다.

나란히 있는 토리고에와 후시미 사이에서만 묵직한 분위기가 깔렸다.

사정을 대충 짐작한 모양인지, 시노하라가 배려해서 두 사람에게 이것저것 말을 붙이고 있었다.

그 모습을 본 마나가 한숨을 쉬며 말했다.

"정말……, 오빠야가 바보라서……."

"야, 갑자기 오빠를 디스하지 마."

잠시 후, 여자애들은 일찌감치 배가 부르다고 선언하고는 장을 볼 때 샀던 편의점 간식을 아이스박스에서 꺼내 먹고 있었다.

배가 부른 거 아니었냐고.

그 이후로 나도 금방 배가 부르다고 선언했다.

"저쪽에 폭포가 있거든. 다 같이 가자."

마나가 부르자 여자 세 명이 따라갔다. 나는 '다 같이'에 포함이 안 되는 모양이었다. 가만히 기다려 봐도 따라오라고 하진 않았다.

그리고 나는 어머니와 츠네히사 씨의 이웃 이야기를 듣게 되었다.

걸어서 5분 정도 걸리는 집이니 성씨만 말하면 곧바로 누군지 아는 모양이었다.

그것도 질려서 나도 폭포 쪽으로 가자 물가에서 여자애 두 명이 딱 달라붙어 있었다.

저건……, 시노하라하고 마나인가?

"뭐 하는 거야~?"

"스모~."

후시미가 대답해 주었다.

"스모……?"

아, 그 스모구나.

흐음…….

아니……, 어째서???

"흐갸악?!"

짓눌린 개구리 같은 소리를 내며 마나가 폭포 아래로 내동댕이쳐졌다.

하지만 그리 깊지 않은지 바로 고개를 내밀었다.

"시노, 세네."

"미이, 안경 캐릭터는 이럴 때 놀림당하는 게 정석이니까 져야 지. 그리고 안경을 찾아야지."

"싫어. 정석은 또 뭐야."

잘 살펴보니 후시미도 그렇고 토리고에도 흠뻑 젖어 있었다. 아마 마나처럼 내동댕이쳐진 모양이다.

"그럼 다음. 히나하고 토리 차례야."

온화했던 분위기가 순식간에 전기가 흐른 것처럼 따끔거렸다.

"토리고에 양, 난 지지 않을 거야."

"응. 좋아. 나도 질 생각은 없으니까."

둘은 거의 동시에 움직여 몸싸움을 벌이기 시작했다. 전혀 움 직이지 않지만, 둘 다 힘을 꽤 많이 주고 있다는 걸 알 수 있었다.

"너무 오래 걸리잖아."

타악, 마나가 그 두 사람을 폭포 아래로 밀쳤다.

"흐악?!"

"아앗."

첨벙, 무사히 입수.

탁탁, 손을 털고 있던 마나도 뒤에서 시노하라가 밀쳐서 폭포 아래로 빠졌다.

물이 차갑지도 않나?

"좀~!"

"시노하라 양, 이럴 때는 자기도 좀 빠지는 게 즐겁거든?"

"싫어. 젖잖아."

전혀 분위기를 파악하지 않는구나, 시노하라.

"어떻게 할 거야, 젖은 채로."

갈아입을 옷도 안 가지고 왔는데. 아~.

나도 내려가서 상황을 살펴보았다.

이런, 이런. 진짜, 어린애 같다니까.

"분명 마를 거야. 날씨가 좋으니까."

"그럼 좋겠는데 말이지."

후시미와 토리고에는 왠지 시원스러운 표정을 짓고 있었다.

"……."

후시미와 눈이 마주쳤다. 그런 다음 토리고에와 눈이 마주쳤다. 속옷이 비쳐서 '꺄악, 창피해!' 하는 일은 없었고, 두 사람이 서로 얼굴을 마주 본 다음 다시 이쪽을 보았다.

장난을 떠올린 어린애 같네…….

두 사람이 동시에 움직여서 내 두 팔을 잡고 뛰어가기 시작했다.

설마———.

"야, 잠깐만 기다———, 기다리라니까?!"

""다녀오세요.""

두 사람이 내 등을 있는 힘껏 떠밀어서 어떻게 해보지도 못하고 폭포 아래로 떨어졌다.

"푸핫?! 으앗, 차가워?!"

그 모습을 본 마나가 깔깔대며 웃고 있었다.

시노하라는 걱정해줄 거라 생각했는데 마찬가지로 쿡쿡대며 웃고 있다.

"너희들, 진짜……."

"모두 젖어서 가면 혼나지 않을 거야, 아마도."

후시미와 토리고에가 즐겁게 웃고 있었다.

"모두라는 건."

시노하라에게 시선이 쏠렸다.

"──시, 싫어! 그, 그런 거, 뭐라고 하는지 알아?! 괴롭힘이라고!"

"미이는 괜찮아. 저기에 빠져도 알 수 없는 힘을 각성할 테니까."

"설정이 조잡해."

시노하라는 싫다며 고개를 저었지만, 세 사람의 힘을 이기지 못하고 내 바로 옆에 내던져졌다.

안경이 무사하다는 걸 확인한 시노하라와 내가 물가로 올라갔다.

수건 같은 것도 없었기에 어떻게 할 수도 없어서 모두 함께 대자로 드러누워서 햇볕을 쐬기로 했다.

"왜 이렇게 된 건데."

"여동생이 스모를 하자고 하니까."

"다들 이상한 스위치가 켜져버렸지."

"아니이, 이렇게 될 줄은 몰랐다니까~."

혹시 마나도 나름대로 신경을 써준 건지도 모르겠다. BBQ를 하는 동안 분위기가 약간 이상했으니까.

"흠뻑 젖긴 했지만, 나는 즐거웠어."

"""""응.""""""

시야에 들어온 하늘은 새파랗다.

초여름 햇살이 생각보다 강해서 옷도 금방 마를 것 같았다.

햇살이 따뜻하다고는 해도 아직 5월 초.

그 사실을 느낄 수 있을 정도로 해가 빠르게 졌고, 산속이라 그 런지 기온도 점점 내려갔다.

미리 사둔 야키소바를 마나가 남은 식재료까지 써서 요리했다. 그게 저녁밥.

먹은 다음에는 토리고에가 원했던 대로 불꽃놀이를 했다.

불꽃놀이에 딸린 도화선에 어머니가 라이터로 불을 붙였다.

'1등~', 하고 마나가 불꽃놀이를 앞으로 내밀었다.

끄트머리에서 빛이 단숨에 흘러넘쳐 어두웠던 주위를 비추었다.

"예쁘다~."

천진난만하게 감상을 말하는 마나 뒤에서 토리고에도 불꽃놀 이에 불을 붙였다.

"홈 센터에서 산 싸구려지만 말이지."

"시이, 분위기 가라앉는 소리 하지 마."

시노하라가 어이없어하는 표정이 불꽃놀이에 비치고 있었다.

"그래도 사실이잖아."

"자자, 이런 건 가성비라고 해야지."

후시미가 그렇게 이야기를 정리했다.

"오빠야는 내 불 줄게."

"땡큐."

연기와 화약 냄새. 언젠가 맡았던 여름 냄새다.

오랜만이라 그런지 빤히 바라보기만 해도 질리지 않았다.

대충 정석인 불꽃놀이를 전부 다 한 다음, 다 같이 선향 불꽃을 피웠다.

끄트머리에 달린 주황색 덩어리가 치지직, 소리를 내며 불꽃을 살짝 튀겼다.

"료 군, 승부야."

"좋아."

옆에 앉은 후시미와 빤히 선향 불꽃을 바라보았다.

"왜 선향 불꽃놀이를 마지막에 하는 걸까."

"애절하니까 그런 거 아니야?"

"뭐, 무슨 말인지는 알겠는데."

"끝나버리겠네~, 하는 마음의 준비를 시켜주는 것 같아. 들고 뛰어다닐 수도 없고, 휘두를 수도 없으니까."

"어른스러운 불꽃놀이구나."

"이 시간 동안 여운을 곱씹는 거겠지, 분명히."

내 선향 불꽃은 덩어리가 점점 작아지기 시작했다.

"에잇."

후시미가 그렇게 말하며 끄트머리에 달린 덩어리를 내 덩어리와 붙였다.

"승부하자면서."

"내가 진 걸로 해도 돼."

옆에서 선향 불꽃을 떼지 않고 있던 후시미가 에헤헤, 웃었다.

"달라붙어 버렸네."

"붙은 게 아니지. 붙인 거잖아."

"사소한 건 상관없잖아."

사진을 찍는다 뭐다 마나가 떠들어대자 덩달아 토리고에와 시노하라도 선향 불꽃을 찍으려고 애를 쓰고 있었다.

바람이 불자 투욱, 겹쳐졌던 선향 불꽃 덩어리가 떨어졌다.

빛에 익숙해져 있던 탓에 주위가 한층 더 어둡게 느껴졌다.

후시미가 불꽃놀이를 들고 있던 내 손을 살며시 잡았다.

왜 그러냐고 물어보기 위해 고개를 움직이자, 후시미의 입술이 내 입술에 닿았다.

무슨 일이 일어난 건지 파악하는데 시간이 좀 걸렸다.

멍하니 굳어 있는 내게 수줍어하는 듯한 목소리로 후시미가 말했다.

"……해버렸어."

어두워서 무슨 표정인지는 알아볼 수가 없었다.

내가 뭔가 말하려 하기도 전에 일어선 후시미는 발걸음을 돌려서 마나와 다른 애들이 있는 쪽으로 걸어갔다.

"나도 불꽃놀이 찍을래~."

"히나, 이거 봐! 엄청 예쁘게 찍힌 거 아냐~?! 장난 아니지~?!"

떠드는 여자애들의 목소리가 밀게 들렸다.

부딪힌 건가? 우연히……?

"그래도, 해버렸다고……."

내 입술을 다시 한번 만졌다.

BBQ를 하기 전에 미수로 그쳤던 게 생각났다.

"……."

마나가 찾으러 오지 않았다면 아마 했을 것이다.

후시미는 이미 그때 각오를 해두었던 건가?

그때는 단둘이 있었지만, 이번에는 마나와 다른 애들이 꽤 가까이 있었다.

보고 있었다면 어떻게 할 생각이었는데.

"……의외로 대담하네, 저 녀석……."

휴대폰을 들고 셔터를 누르는 후시미와 다른 세 사람은 꺅꺅대면서 불꽃놀이를 즐기고 있다.

"……."

코앞까지 다가온 후시미의 얼굴과 닿은 입술의 감촉이 머릿속에서 떠나질 않았다.

"꿈에 나올 것 같네."

아니, 꿈이라고 하는 게 더 설득력이 있겠다.

물을 담아둔 작은 양동이에 선향 불꽃놀이의 남은 부분을 버렸다.

버려진 불꽃놀이 손잡이가 양동이 위로 여러 개 튀어나와서 마치 못생긴 말미잘 같았다.

⑨ 가까우면서도 멀다

나와 토리고에, 시노하라는 시민회관 메일 홀에 왔다.

이곳 객석에는 사람이 몇 명이나 들어갈까.

400명 정도?

티켓에 적혀 있던 지정석은 홀 중앙 근처였다.

"의외로 크네."

내 옆에 앉은 토리고에가 나처럼 주위 자리를 둘러보며 말했다.

"시민 시어터 홀은 최대 450명까지 앉을 수 있는 라이브하우스고, 이 지역에서는 제일 큰 모양이야."

토리고에 건너편에 있던 시노하라가 팸플릿을 들고 보며 말했다.

아는 척하기는.

"난 연극을 처음 보는 거라 좀 기대돼."

"나도."

우리는 후시미가 나온다는 시민 극단 공연을 보러 왔다.

후시미가 티켓을 구해다 줘서 공짜로 보게 되었기에 불만은 없었다.

고등학생은 1500엔으로, 영화 한 편 값이라고 생각하면 그렇게까지 비싼 가격이 아니다. 살 수도 있지만, 공짜로 볼 수 있다니 얌전히 초대를 받았다.

"이런 기회라도 없으면 보러 오지 않을 테니까."

"……왠지 내가 더 긴장되는데."

손님도 그럭저럭 와서 공연 시작 20분 전에는 자리가 8할 정도 찼다.

『나, 나가거든. 그러니까 보러 와!』

후시미는 그렇게 말하며 쑥스럽다는 듯 내게 티켓을 건넸었다.

……사실 좀 더 조촐할 줄 알았다.

이런 시민 극단이 있다는 것도 몰랐기에 어디 마을 회관 같은 곳에서 자원봉사로 연극을 조용히 공연하겠지, 그 정도로만 상상했었다.

"애들 장난 수준이 아니구나."

"연출가가 업계에서는 꽤 알려진 사람인 모양이야."

토리고에가 조용히 말했다.

연출가가 좀 유명한 사람인 모양인지 팸플릿에 얼굴 사진과 참여한 무대의 제목이 적혀 있었다. 이번에는 그 사람이 각본과 연출을 담당했다.

나는 연극 무대를 로미오와 줄리엣 정도밖에 모르는 문외한이기에 제목을 봐도 딱히 감이 오지 않았다.

내가 집에서 적당히 시간을 때우는 동안에 후시미는 이 무대를 위해서 계속 연습해온 거지…….

"아, 이 아저씨, 고향이 이쪽인 것 같아."

시노하라가 바로 휴대폰으로 이름을 검색해본 모양인지 이것저것 정보를 가르쳐 주었다.

"후시미 양이 이 무대를 계기로 스타가 될지도 모르지."

"그렇게 형편 좋은 일이 있을 리가 없잖아."

말은 그렇게 했지만, 후시미의 주인공력은 강하다. '가지고 있는' 사람은 이런 녀석이겠다 싶은 느낌이 든다.

"불가능하지는 않을 거야. 후시미 양이라면."

토리고에는 딱 부러지는 말투로 말했다.

후시미의 진로, 시야 양쪽 다 청신호. 열 명 중에 열 명 모두가 돌아볼 듯한 미소녀가 연극을 하고 싶다고 했고, 실제로 이렇게 활동하고 있다.

"후시미는 인생이 이지 모드인 건가?"

"글쎄. 하지만 나보다는 이지 모드일지도 모르겠어."

"거기 두 사람, 뭘 그렇게 시기하는 거야."

그런 거 아니야. 그렇게 말하려 했는데 조명이 천천히 꺼지고 막이 올라가기 시작했다.

현대극이라 그런지 자세한 설정은 아무것도 없다. 주역 여자와 남편으로 보이는 남자가 당황한 말투로 이야기를 해나갔다.

사람을 죽여버렸다고, 남편에게 말하는 주인공. 사연이 있었기에 남편은 은폐 공작을 돕기로 하는데———. 이런 느낌인 도입부다.

사회파 서스펜스라고 하나. 해피하고 밝은 내용이 아니었다.

이야기가 진행되어가는 와중에 죽은 사람이 딸이라는 게 밝혀진다.

회상 장면으로 딸 역할을 맡은 후시미가 등장했다. 시체 역할은 아닌 모양이다.

중학생다운 세일러복과 주름치마가 엄청나게 잘 어울렸다.

후시미는 평소에 들어본 적이 없었던 기품 있고 맑은 목소리로 연기를 해나갔다.

내가 모르는 소꿉친구.

반짝반짝 빛나 보이는 건 스포트라이트나 화장 때문만이 아닐 것 같다.

이야기가 계속 전개되며, 가끔 중간에 들어간 회상 장면에서 생전의 딸인 후시미가 등장해 수수께끼가 하나씩 풀려간다———. 그런 구성이었고, 점점 몰입하게 되었다.

……아니, 후시미가 맡은 배역은 엑스트라가 아닌데. 꽤 중요하잖아.

이야기 종반, 동기가 판명되고 딸이 주인공에게 살해당하며 개막 장면으로 이어졌다. 그게 이야기의 마지막 장면이었다.

딱히 대단한 결말이 있는 것도 아니고, 대역전극이 펼쳐지는 것도 아닌데 살인을 저지른 이유를 알게 된 것만으로도 약간 카타르시스가 느껴졌다.

박수와 함께 막이 내려가고, 커튼콜로 후시미와 다른 출연자들이 나와서 인사를 했다.

박수 소리가 더욱 커지며 출연자들은 무대 뒤로 들어갔다.

조명이 켜지자 극장 안이 약간 밝아졌다.

"……."

"……."

여자애 두 명은 혼이 빠져나간 듯이 여운에 젖어 있었다.

"재미있었지."

내가 그렇게 말하자 응, 응, 하며 두 사람이 동시에 고개를 끄덕였다.

"반년 동안 했다고 했나? 후시미 양."

"그렇다던데."

연기를 잘했는지 못했는지는 모르겠지만, 이야기에 방해가 되지 않았으니 충분히 잘한 거겠지.

"경력치고는 중요한 역할이었잖아. 나한테는 우연히 그 역할에 뽑혔다고 하던데."

누군가가 꾸준히 올라가는 계단을 후시미는 등에 달린 날개로 날아가는 것 같다.

다른 사람들은 모르는 노력을 했을 거라 생각하기로 했다.

첫 무대인 것도 아닌 모양이었다. 그랬다면 티켓을 줄 때 말했을 테니까.

홀을 나서자 후시미가 메시지를 보냈다.

『카페 같은 게 안에 있으니까 거기서 기다려.』

두 사람에게 그 이야기를 하고 후시미가 말한 대로 딸려 있던 카페에서 기다리고 있자니 금방 나타났다.

"어, 어땠어~?"

"후시미 양, 잘하네. 대단해."

토리고에가 초등학생 같은 감상을 말하자 시노하라도 맞장구를 쳤다.

"이야기도 재미있었어."

"다행이다."

후시미가 아무 말도 하지 않는 나를 힐끔 보았다.

양옆에 앉아있던 토리고에와 시노하라가 팔꿈치로 나를 찔렀다.

"아……, 저기. 내가 모르는 후시미였어. 멋있더라."

"후후. 죽어버리지만 말이지."

그런 다음 후시미는 무대 뒷이야기를 이것저것 해주었다.

우리 세 사람은 흥미롭게 들었고, 후시미는 흥분한 듯이 이야기했다.

이제 점심시간을 가진 다음 오후 공연에 대비한다고 한다.

"오늘 와줘서 고마워. 그럼 나중에 또 보자."

후시미는 미소를 짓고 손을 흔들며 떠나갔다.

저 녀석, 대단하네. 어른들 사이에 껴서 당당히 연기를 하다니.

나는 진짜로 스타가 되는 것 아닐까 하는 생각이 들기 시작했다.

그런 여자애가 나한테 키스를 한 거지…….

"사는 세계가 달라질 것 같네, 우리하고는."

토리고에가 조용히 중얼거렸다.

아, 그렇구나. 나는 그렇게 납득해버렸다.

후시미가 대단하다고 생각하고, 존경도 한다.

하지만 왠지 느껴지던 이 답답한 마음은 토리고에가 말한 대로였다.

어렸을 때 같이 놀던 그 소꿉친구는 이제 곧 내가 모르는 여자애가 되어갈 것이다.

⑩ 여열

그날 밤, 후시미가 전화를 걸었다.

방에서 늘어진 채 시간을 때우고 있을 때였다.

동료들에게도 후시미의 연기가 호평이었던 모양이고, 선생님에게도 칭찬받았다며 기뻐했다.

선생님이라는 사람은 연출가 아저씨다.

『쿠도 선생님은 정말 터무니없는 짓을 한다니까~. 도쿄에서 하고 싶은 일을 못 하게 되었다고 고향에 와서 몰래 한다니 말이야.』

애초에 시민 극단 무대를 실적이 있는 연출가가 맡게 된 게 그것 때문이라고 한다.

후시미는 유명한 기업이 스폰서를 맡게 되면 하고 싶은 대로 못 하게 된다든가, 그렇게 일반인들은 잘 모르는 뒷이야기를 해주었다.

『료 군, 지금 만날 수 없을까?』

"괜찮긴 한데."

시계를 보았다. 시간은 벌써 밤 10시가 지난 뒤였다.

"나는 상관없는데, 후시미는 통금 같은 거 괜찮아?"

예전에 너무 늦게 들어가면 츠네히사 씨에게 혼난다고 했었다.

『응. 몰래 나가면 괜찮으니까.』

오늘은 츠네히사 씨를 못 봤다. 혹시 관계자석이 따로 있고, 거기에 앉아 있었을지도 모르겠다.

휴대폰과 지갑만 챙겨서 현관으로 향했다.

"오빠야, 어디 가?"

목욕을 하고 나와서 맨얼굴인 마나가 의아해하고 있었다.

맨얼굴로도 충분히 괜찮은 것 같은데, 오빠야는.

"음~, 좀 볼일이 있어서."

"볼일이라는 게 뭔데?"

"상관없잖아, 캐묻지 말라고."

"아, 히나 만나러 가는구나."

글쎄다. 나는 그렇게 적당히 대답하고 집을 나섰다. 어째서 들킨 거지?

후시미네 집으로 가던 도중에 후시미와 마주쳤다.

나오는 걸 들켰기에 집에 가고 싶지 않아서 공원으로 가기로 했다.

"미안해, 밤늦게."

"아직 밤 10시니까 그렇게까지 늦은 시간은 아니야."

후시미의 타임 스케줄로 따지면 이 시간은 꽤 늦은 시간일 것이다.

"왠지 무대에 섰던 걸 생각하니까 잠이 안 와서."

이 시간에 잘 생각이었나, 이 녀석.

시소와 그네, 벤치만 두 개 있는 공원에 도착했다.

예전에는 크게 보였던 놀이기구도 지금은 매우 작게 느껴졌다.

"밤이 되니 좀 쌀쌀하네."

벤치에 앉자 후시미가 약간 거리를 좁혔다.

다다음 주로 다가온 중간고사 이야기나 토리고에, 시노하라 이야기까지, 공통 화제는 얼마든지 있었다. 하지만 전부 다 공유할 수 있는 건 아니었다.

내가 멀리하며 건드리지 않았던 화제. 하지만 그녀는 분명 이 이야기를 하고 싶었을 거라는 느낌이 들었다.

"아직 많이 부족하지만, 연기가 재미있다는 걸 새삼 느꼈어."

"그렇구나."

흐음, 호오, 그렇구나. 내가 하는 말은 이 세 가지뿐이었다.

"아~, BBQ하고 불꽃놀이 즐거웠지. 내년에 또 하러 가자."

머나먼 과거를 떠올리는 듯 후시미는 밤하늘을 올려다보며 말했다.

내 둔한 반응을 보고 뭔가 짐작한 모양이었다.

"……미안해. 그런 이야기에 어울려주지 못해서."

"아니. 들어주기만 해도 나는 기쁘니까."

클럽활동을 하는 녀석들이 같은 부원들끼리 어울리는 이유를 이제 알겠다.

"료 군은 즐거웠어? BBQ."

"그렇지."

불꽃놀이 때 이야기는 안 하는 게 나으려나.

지금 생각해보니 후시미는 계기를 찾고 있었던 것 같은 느낌이다.

"왜 그래?"

"아, 아니, 아무것도 아니야."

나도 모르게 후시미의 입술을 빤히 바라보고 있었다.

"그래?"

반대로 후시미는 평소와 똑같았다.

의식해버려서 부끄럽다, 같은 반응은 요만큼도 없었다.

"아, 나도 딱히 익숙한 건 아니야. 미리 말해두지만."

"뭐가."

"키, 키스……."

"키스."

"그, 그래……. 그건, 이렇게 되면 이렇게, 하는 시뮬레이션을 미리 돌려둔 덕분이니까."

그런 시뮬레이션을 돌렸었나.

"패턴 L이었어요."

"시뮬레이션을 얼마나 많이 돌린 건데."

"토리고에 양이랑 시노하라 양, 눈치 못 챘겠지……?"

"그럼 좋겠는데."

알면서도 말하지 않았을 수도 있을 것이다.

일일이 본인에게 봤다고 보고하진 않을 테니까.

"……료 군은 안 해줘?"

"어?"

"───미, 미안, 아무것도 아니야."

그녀는 고개를 돌리며 작은 목소리로 사과했다.

"오늘 열심히 한 상으로 하나……. 아니, 한 번……."

"있잖아. 그런 건 제대로 사귀고 나서 하는 거고……, 불꽃놀이 때 했던 것도 너, 부정 출발이거든?"

"그럼 사귀어줘."

"그럼이라니, 그게 뭐야, 그럼이라니."

"어라? 그래도 부정 출발이라면, 언젠가 출발은 한다는 뜻이야……?"

후시미가 고개를 빙글 돌려 이쪽을 보고는 눈을 반짝였다.

"말꼬리 잡지 말라고. 말이 그렇다는 거지……. 나는 아직 그런 걸 잘 모르겠거든."

"시노하라 양하고 사귀었잖아~. 이제 와서 무슨."

불만스러운 듯이 눈을 흘긴다.

"그건……, 좋아해서 사귀었던 게 아니라……."

"그럼 고백했을 때 오케이를 하지 않았으면 되는 거 아닌가요오~? 모순되는 거 아닌가요오~?"

젠장, 너무 정론이라 받아칠 수가 없다. 그렇긴 하지.

그래도 기뻤던 것도 사실이다.

후시미가 쿡쿡, 웃으며 갑자기 표정을 바꾸었다.

"미안. 내가 심술궂게 굴었지?"

"너, 진짜……."

"좀 곤란하게 해도 되잖아. 나는 전부, 전부 다~, 거절했는데 말이지."

지금 생각해보니 강철의 의지라고 할 만하다.

여러 선배, 후배, 동급생, 그리고 다른 학교 학생, 그뿐만이 아니라 가끔씩 여자애도 고백하는 와중에 후시미는 전부 안 된다고 하면서 쳐냈다.

"나는 상관없잖아. 그건 후시미가 판단한 거니까."

"응, 맞아. 짝사랑하는 상대가 있었으니까. 당연히 안 된다고 하지."

흔들흔들, 그녀가 다리를 움직이며 내 눈을 들여다보듯 물어보았다.

"……나는, 아직, 짝사랑 중인 거야?"

얼굴이 가깝다. 자연스럽게 내 얼굴이 빨개지는 게 느껴졌다.

거리를 원래대로 되돌리기 위해 나는 몸을 뒤로 젖혔다.

"자, 잠깐만 기다리라고. 왜 오늘따라 그렇게 팍팍 들이대는 거야."

"아무도 없는 공원이니까."

그 이유는 대체 뭔데.

"오늘은 제가 대단한 모습이나 멋진 모습을 보여줬으니까 괜찮을 줄 알았죠."

"괜찮을 리가 없잖아. 내가 순정만화 히로인이야?"

후시미가 깔깔대며 웃기 시작했다. 그리고 칭찬을 보냈다.

"료 군, 태클 잘 거네."

고마워, 시끄럽다고.

어느새 이제 곧 날짜가 바뀔 만한 시간이 되어버렸다.

슬슬 돌아가게 되었고, 나는 후시미를 집까지 바래다주기로 했다.

후시미가 옆에서 손가락 끝으로 내 손을 쿡쿡 찔렀다.

"?"

"……."

후시미가 나를 빤히 바라보았고, 무슨 말을 하고 싶은 건지 내가 이해하지 못하고 있자니 그녀가 슬쩍 손을 잡았다.

찌른 건 예비 동작이었던 모양이다.

"싫으면 놓아도 돼. 그런데 딱히 상관없으면 이대로 있어줘."

그런 판단을 요구했다. 그 선택지라면 싫다 말고는 전부 손을 잡게 된다.

이 녀석, 치사하네.

"난 료 군이 있어준다면 어디에도 안 갈 테니까. 확실하게 잡아줘."

후시미네 집 현관 앞에서 누가 먼저인지는 모르겠지만 손을 놓았다.

"후시미, 앞으로 연극이나 무대 같은 쪽으로 전국구 스타가 되는 거 아니야?"

"만약에 그렇게 성공한다 하더라도 료 군이 있는 곳으로 돌아갈 거야. 반드시."

그녀가 안으로 들어가지 않으며 머뭇거리고 있었기에 나는 고개를 갸웃거렸다.

"있지. ……반드시 돌아올 테니까, 나를 제대로 좋아해줘야 해?"

후시미는 그런 말을 남기고 도망치듯이 집으로 들어갔다.

◆토리고에 시즈카◆

딱히 그와 그녀에게는 특별한 게 아니었는지도 모르겠다.

BBQ가 끝나고 불꽃놀이를 할 때, 어둠 속에서 후시미 양이 타카모리 군에게 키스를 하는 게 보였다.

처음에는 귓속말을 하나 싶었는데, 완전히 달라붙어 있었다.

후시미 양은 타카모리 군을 좋아한다.

타카모리 군에게 후시미 양은 소꿉친구이고, 미소녀이고, 다른 여자애와는 달리 특별한 존재일 것이다.

그러니 특별한 게 아니겠지.

『특별한 사람은 부담되지 않아?』

침대에 누워 휴대폰에 입력했다.

왜냐하면 '평범한 여자애'가 아니니까. 남녀 무관하게 주목을 끄는 사람이고, 학교에 가면 사람들이 몰래 소문을 내고 다닌다.

───타카모리 군하고 정말 사귀는 거 아니야?

───오늘도 귀엽네.

───또 고백받은 모양이던데.

학교 스타의 일거수일투족을 항상 다들 신경 쓰고 있다.

만약에 사귀게 되면 타카모리 군도 그 감시의 대상이 될 것이다. 분명히 그럴 것이다.

연애 관련 소문은 입이 싼 여자애들에게 절호의 먹잇감이기 때문이다.

『타카모리 군, 너무 특별한 여자친구하고는 '평범한 연애'를 못

하지 않을까?』

입력했다가 전부 지웠다.

아, 또 친구에게 질투한다. 힘들다. 괴롭다.

『얼른 사귀어버리지』

분명 힘들 테니까.

"……."

지옥급으로 둔감하니 주위 사람 같은 건 신경 쓰지 않을지도 모른다.

하지만 오래 가게 되면 그것도 나름대로 곤란하다. 매우.

왜냐하면 내가, 분명 좋아하는 사람이나 친구의 불행을 기원하는 사람이 되어버릴 테니까.

후시미 양이 솔직하고 착한 애라서 더더욱 곤란하다.

겉과 속이 다른 여자의 적 같은 애였다면 마음 편히 불행을 기원했을 텐데.

"지우자."

다시 입력한 글자를 지우기 시작했다.

한번 입력하고 글자로 뜬 그것을 읽어보니 기분이 좀 편해졌다.

남겨두어도 될지 모르겠지만, 그렇게 하면 다시 읽었을 때 안 좋은 기분이 되살아날 테니 역시 지우는 게 정신적으로 건전할 것 같다.

『나도 키스해보고 싶어.』

키스는 어떤 기분일까.

그게 몇 번째일까. 두 사람은 이미 여러 번 했을까?

"……."

나도 모르게 내 입술을 집게손가락으로 만지고 있었다.

머리맡에 있던 인형에 살짝 키스해 보았다.

가슴이 두근거리지도 않고, 입술에 닿은 감촉은 인형의 재질에 불과했다. 예상했던 대로 아무런 감흥도 없었다.

"그런 곳에서 굳이 할 필요는……."

천연덕스러운 건지, 아니면 폭주해버린 건지, 잘 모르겠다.

솔직히 타카모리 군의 상대가 후시미 양이라면 짐이 너무 무겁지 않을까 하는 생각이 든다.

『사실 무대를 보러 가고 싶지 않았던 거 아니야?』

왠지 그런 느낌이 들었다.

타카모리 군은 무리해서 간 것 같지는 않았지만, 진심으로 즐기는 것 같지도 않았다.

무대 자체는 물론 좋았지만.

무대가 시작되기 전에 미이가 그랬는데, 나는 시기하고 있는 건지도 모르겠다.

후시미 양이 하려고 하는 것, 하고 싶어 하는 걸 하면 뭐든 생각대로 되어버릴 것 같으니까.

유일하게 생각대로 되지 않는 건 타카모리 군 정도다.

액터즈 스쿨에 다니는 걸 알았을 때, 타카모리 군은 매우 미묘한 표정을 짓고 있었다. 나도 아주 약간 답답했으니 무슨 심정인지는 대충 알 것 같다.

나는 어디로 나아가야 할지 몰라서 뭘 해야 되는지도 모르고 있었다.

새하얀 캔버스에 뭐든 괜찮으니 그려보라고 해도 곤란하다.

시야 한가득, 바다와 하늘만 있는 상황에서 마음대로 나아가 보라고 해도 곤란하다.

모두가 정석대로 희망으로 가득 찬 고등학생을 연기할 수 있는 건 아니다.

꿈이 있는 사람, 그걸 위해 노력하는 사람———. 그런 사람은 고등학생이란 신분을 제외하고 봐도 매우 소수일 것이다.

『나라면 분명 타카모리 군의 마음을 이해할 수 있어』

아, 왠지 안타까운 여자 같은 독백이다.

순정만화에 나오는 스토커 같고, 음침한 여자애 같다.

읽다 보니 부끄러워져서 바로 지웠다.

하지만 그 안타까운 문장은 꽤 진심이다.

아니, 타카모리 군. 후시미 양은 우리에게는 너무 눈부시지 않아?

태양을 똑바로 바라보면 안 된다.

『태양과의 거리감은 적당히 떨어져 있는 게 제일 좋아』

그 거리는 거의 없는 거나 마찬가지다. 보아하니 분명히 키스를 여러 번 했을 것 같다. 그렇다면 그냥 얼른 사귀었으면 좋겠다. 그리고 적당한 시기에 깨졌으면 좋겠다. 타카모리 군에게 첫 여자가 아니어도 되니까.

태양과의 거리감을 잘못 잡은 그가 상처 입고 지쳤을 때 내가 치유해준다.

승부는 한 번만에 끝나는 게 아니니까, 그러면 된다.

타산적인 생각밖에 들지 않아서 나 자신이 싫어진다.

하지만 그 정도는 봐줬으면 좋겠다.

날마다 사이좋게 지내는 모습을 억지로 보고 있으니까.

꼬옥. 인형을 끌어안아 보았지만, 역시 천과 솜 감촉밖에 느껴지지 않았고 가슴도 전혀 두근거리지 않았다.

⑪ 진로 조사표

중간고사가 다가왔을 무렵, 반에서 나를 부르는 호칭이 반장님으로 통일되기 시작했다.

굳이 님까지 붙여서 부를 필요는 없는데, 몇 번을 말해줘도 고치지 않았다. 반장님이라는 단어의 어감에 별명 같은 느낌이 있어서 그런 모양이다.

"임원 두 명은 전부 걷어서 나한테 가져다줘~."

담임 선생님인 와카가 손을 살랑살랑 흔들며 교실에서 나갔다.

진로 희망 조사표————. 그렇게 적힌 종이 한 장을 아침 일찍 받았다.

와카가 말하기로는 '대충이라도 상관없으니까 지금부터 생각해두는 게 좋아'라고 한다.

"대학교는 문과로 갈지 이과로 갈지, 공립으로 갈지 사립으로 갈지, 나중에 뭐가 되고 싶은지에 따라 정해두는 게 좋을 거다아~?"

옆에서 후시미가 와카 흉내를 냈다.

꽤 비슷하네.

"후시미는 어떻게 할 거야."

"나는 대학교에 진학할 거야. 일단은."

"그쪽 계열 진로가 아니라?"

새삼 확인해 보았다.

"그건 그거고, 이건 이거야. 대학교 수업하고 양립할 수도 있거든. 문무양도라는 거지."

흐음, 나는 그렇게 콧소리를 냈다.

예전에 말했던 같은 대학교에 가자는 약속은 후시미의 마음속에서 계속 진행 중인 모양이었다.

나는 그런 약속을 한 기억이 없지만.

"만약에 일이 잘 풀려서 이곳저곳에서 부르고……, 연속 드라마나 영화에 나오는 배우가 되면 어떻게 할 건데?"

내가 그렇게 말하자 후시미는 잠시 생각한 다음 이히히, 하고 웃었다.

"인기가 절정일 때 그만둘 거야. 스물다섯 살 정도에. 고향으로 돌아가서 일반인과 결혼할 거예요, 라고 하면서 도쿄에서 도망치듯이 귀향하는 거지."

그게 장래의 전망인 모양이다.

"아깝네."

"아깝지 않아."

그녀가 신이 나서 말하고는 방긋방긋 웃으며 나를 들여다보았다.

"료 군은 어떤 어른이 될까."

"나도 그걸 알고 싶은데. 후시미처럼 하고 싶은 것도 딱히 없고."

내 목소리에 한숨이 약간 섞였다. 무심코 넋두리처럼 내뱉어버렸다.

그러자 그녀가 내 볼을 꼬집었다.

"요즘 그런 표정 자주 짓네."

"그래?"

"응."

나를 꼬집은 후시미의 손을 떼어내고 수업 준비를 했다.

"일반인에게는 일반인 나름대로 고민이라는 게 있다고."

"……고민이 없는 사람은 없을걸?"

그렇긴 하네. 나는 그렇게 말하며 대충 넘겼다.

후시미가 한 말도 맞는 말이지만, 나는 이 소꿉친구가 무엇 때문에 고민하는지 전혀 상상할 수가 없었다.

"토리고에, 진로 조사표에 뭐라고 적었어?"

점심시간.

마나가 싸 준 도시락을 다 먹은 나는 적당히 휴대폰을 만지작거리며 토리고에게 물었다.

약간 떨어진 자리에 있던 토리고에는 우물우물, 입을 움직이다가 잠시 후에 대답해 주었다.

"공립 대학교. 적당히. 집 근처에 있는 곳."

"영어 쪽지 시험 점수가 한 자릿수인데?"

"영어 점수만 안 좋거든?"

그런 반면, 내 점수는 전부 안 좋다. 딱히 못하는 과목이 있는 게 아니라.

"그래도 와카가 말했잖아. 뭐가 되고 싶은지에 따라 진로를 생각하는 게 좋을 거라고."

"그건 특별한 기술이 필요한 직업일 경우겠지. 미용사가 되고 싶다거나, 참치 어선에 타고 싶다거나. 그럴 거면 대학교가 아니라 전문대에 갈 필요가 있을 테니까."

어부를 양성하는 전문대도 있나……?

"너, 저번에 참치 어부 특집 프로그램 봤구나?"

"그러면 안 돼?"

"나도 봤어."

아무래도 상관없는 정보를 교환했다.

"토리고에는 공립 대학교에 다닌 다음에 뭐가 될 거야?"

"몰라. 몇 년 뒤에 대학생이 되었을 내게 물어봐."

"……그렇겠지."

나도 모른다고. 어떤 어른이 되었을까라니. 그건 몇 년 뒤의 나한테 물어봐 줬으면 한다.

내년에는 뭘 하고 있을지 알고 있다. 고등학교 3학년, 수험을 준비하는 해. 뭐, 주위 사람들을 따라 그럭저럭 공부를 할 것 같다는 상상이 된다.

하지만 내후년은 공백이다. 겨우 2년 뒤인데도 불구하고.

토리고에가 신경 쓰였는지 후시미의 진로에 대해 물어보았다.

내가 들은 대로 대답하자 토리고에도 나와 비슷한 반응을 보였다.

중간까지 이야기하다가 문득 아침에 주고받았던 이야기가 떠올랐다.

만약에 인기 여배우가 된다면 인기가 절정일 때 그만둔다고 했지.

호오, 하며 대충 넘겼는데, 일반인하고 결혼한다니, 혹시 나 말인가……?

"……그래서, 뭐래? 후시미 양은 인기를 끌게 되면 어떻게 한대?"

"아니, 저기……. ——보, 본인에게 물어봐."

"왜 그래? 얼굴이 빨간데."

"아무것도 아니야."

빈 도시락을 들고 도망치듯이 물리실을 나섰다.

후시미는 그런 생각을 하고 있는 건가?

"사귀지도 않는데……?"

"뭘 그렇게 중얼거리고 있어?"

"우와아앗?!"

뒤에서 갑자기 목소리가 들렸기에 깜짝 놀라 돌아보니 와카가 있었다.

"진로 조사표, 잘 모으고 있어?"

"네, 뭐, 그럭저럭……."

"얼른 써 줄래~? 꽃집 주인이든 케이크 가게 주인이든 상관없으니까."

이 선생님, 내가 무슨 어린 여자애인 줄 아나.

"아, 그래도 인터넷 방송인이나 그런 건 쓰지 마. 먹고 살 만한 직업이라고 해도 그건 좀 그러니까. 삼자면담 때 시간이 오래 걸리는 계열이니까."

아, 네. 그렇게 대충 대답하니 와카가 뜻밖이라는 듯한 표정을 지었다.

"타카모리는 머리도 좋지 않은데 제대로 생각하고 있구나~."

"어떻게 아셨어요?"

……아니, 방금 은근슬쩍 디스했지?

사실이니까 상관없지만.

"답안지에는 고민도 하지 않고 곧바로 틀린 답을 쓰는 타입이면서, 이런 쪽은 반응이 둔하다니까. 뭐, 마음껏 고민하라고, 소년."

와카는 내 어깨를 몇 번 두드린 다음 떠나갔다.

그러다 모퉁이를 돌아갔나 싶더니 고개를 쏘옥 내밀었다.

"선생님이 추천하는 건 공무원이야. 뭘 할지 모르겠으면 일단 그거. 본인이 진심인 건지는 둘째 치더라도 선생님이나 부모님은 안심할 테고, 면담 때 다투지도 않을 테니까."

공무원은 좋다니까~, 선생님이 편해지기도 하고. 그렇게 말한 다음 와카가 이번에야말로 진짜 떠나갔다.

하교하는 길에 후시미에게 그런 이야기를 해보았다.

"공무원이 될 거야."

"괜찮네."

시원스러운 대답이 돌아왔다.

"진짜로는 뭐가 되고 싶은데?"

"어떻게 거짓말인지 알아챈 거야?"

"글쎄, 왠지 그럴 것 같아서."

그녀는 내 거짓말을 간파한 게 기뻤는지 계속 방긋방긋 웃고 있었다.

"사실, 아무것도 되고 싶지 않아."

"와아아아……, 현대의 어둠이 슬쩍 보였어."

이런~, 그렇게 말하는 듯한 표정이었다.

"료 군은 말이지, 료 군이 되면 돼."

"그게 무슨 소리야."

나도 모르게 웃음이 나왔다.

그래도 뭔가 심오하네.

어쩌면 얄팍한 건지도 모르겠지만, 내 주관으로는 심오한 말이었다.

⑫ '좋아한다'는 마음을 모르겠다 첫 번째

"공부하자."

후시미가 레슨을 받으러 간다는 토요일, 아침 일찍 토리고에가 우리 집에 왔다.

매우 급하게 잠옷을 평상복으로 갈아입은 나는 현관에서 아직 완전히 깨어나지 않은 뇌를 필사적으로 회전시키고 있었다.

"저기……, 토리고에 양, 지금 몇 시인 줄은 아시나요?"

"그렇게 이른 시간은 아니야. 학교에 가는 시간이잖아."

"쉬는 날 정도는 신경 써주라고."

시간은 아직 아침 8시. 보통 쉬는 날에는 두 시간 정도 더 잔다.

내일 공부 모임을 하자고 제안하기에 그러자고 했다. 오전 중에 온다고 해서 나는 10시쯤 올 줄 알고 있었다.

"8시도 오전 중이잖아."

"그야 그렇긴 한데."

일반적인 여고생 같은 사복 차림인 토리고에가 '실례합니다'라고 말하며 안으로 들어왔다.

후시미가 이상한 것뿐이고, 역시 이런 게 평범한 사복이란 말이지…….

"……왜 그렇게 빤히 봐."

"아, 아니, 아무것도 아니야. ……마나가 아침밥 차려줬는데,

먹을래?"

"여동생이 진짜 어머니 같네."

모처럼 차려줬으니 먹겠다는 토리고에를 다이닝 룸으로 안내했다.

"토리, 오늘은 대체 뭐할 건데?"

마나의 눈이 설레고 있었다.

"공부 모임이야. 타카모리 군은 머리가 안 좋잖아?"

"야, 너무 직설적이잖아."

아침 일찍 그런 돌직구를 던지지 말라고. 잠이 깨잖아.

"그렇긴 하지. 오빠야를 잘 부탁해. 오빠야는 여러모로 머리가 안 좋으니까."

"너까지 그러기냐."

오늘 아침밥은 전통식. 달걀말이에 생선구이, 그리고 밥에 단무지와 된장국.

"아, 난 곧 나갈 거야! 마마는 오늘 저녁쯤에 올 테니 그때까지 집에는 단둘이 있겠네."

"그렇게 대놓고 말할 필요는 없잖아."

토리고에가 단무지를 오독오독 씹으며 말했다.

"오빠야에게 말해봤자 아무것도 눈치를 못 채거든."

"아, 그렇긴 하지."

무슨 소리야?

아침밥을 다 먹고 나서 2층에 있는 내 방으로 토리고에를 안내했다.

그러고 보니 후시미와 마나 말고 이 방에 들어온 사람은 토리고에가 처음이다.

제대로 정리해두었겠지……?

방석을 낮은 탁자 앞에 내주고 거기 앉으라고 했다.

"후시미 없이 공부가 되겠어?"

어제 토리고에와 이야기를 하면서 들었던 가장 큰 의문이었다.

"괜찮아. 뭘 하면 되는지 물어보고 왔으니까."

토리고에가 그 증거라는 듯이 휴대폰 화면을 보여주었다.

토리고에와 내가 공부할 과목과 내용을 후시미가 각각 지시해주고 있었다.

"으엑."

"일단 30분 동안 할 거야."

이 사람, 진심이다…….

나도 그쪽 테이블에서 공부를 하려고 준비하고 있자니.

"네 공부용 책상에서 해. 그러는 게 더 집중이 될 거야."

이 사람, 진심으로 공부하러 왔어…….

반대로 후시미는 내가 내 공부용 책상에서 공부하려 하면 화를 낸다.

토리고에가 후시미의 지시 사항을 내게 전달해 주었고, 나는 거기에 따라 문제집을 풀기로 했다.

"".......""

이런 상태라면 딱히 우리 집에 안 와도 되는 거 아니야?

토리고에를 힐끔 훔쳐보니 나와 똑같은 문제집을 풀고 있었다.

슥슥, 조용한 샤프 소리만 방안에 울렸다.

"……후시미 양은 이 방에 자주 와?"

"어? 아, 뭐, 가끔."

슥슥슥, 투욱.

"흐음……."

"뭐가."

"사귀지 않는 이유가 따로 있어?"

"어?"

"미안. 아무것도 아니야."

확인하려고 되물었는데, 사귀지 않는 이유라고 했지?

후시미와 사귀지 않는 이유라는 뜻인 건 나도 알 수 있었다.

토리고에 같은 제3자가 보기에는 사귀지 않는 이유보다 사귈 이유가 더 많은 것처럼 느껴질 것이다.

사귀지 않는 이유……, 사귀지 않는 이유……. 사귀지 않는 이유라…….

'좋아한다'라는 마음이 뭔지 잘 모르겠다는 게 제일 크다.

고등학교 2학년이나 되어서 아직 모르냐 싶기도 한데, 실제로 그러니 어쩔 수가 없다.

그런 생각을 하고 있던 와중에 30분이 지난 모양인지 토리고에가 맞춰두었던 타이머가 울렸다.

"휴식."

나는 마음을 굳게 먹고 토리고에 쪽으로 몸을 돌렸다.

"……저기."

"왜?"

"토리고에는 나를 좋아한다고 말해줬잖아."

"··········으, 응. ··········뭐, 뭐야, 갑자기."

그녀가 고개를 숙이며 이쪽을 힐끔거렸다.

오? 왠지 부끄러워하네.

"그건 어떤 마음이야?"

"어?"

"그, 만화 같은 데서는 '큐웅'이라는 의성어가 나오곤 하잖아."

현실에서도 그런 소리가 나온다면 이게 그거구나라고 알 수 있을 텐데. 하지만 아마 그런 소리는 안 날 것이다.

딸딸, 같은 의성어도 현실에서는 들리지 않는다. 어째서 딱 잘라 말할 수 있냐 하면, 그런 소리가 나지 않는다는 걸 경험을 통해 알고 있기 때문이다.

"······그런 거, 나한테 물어보지 마······."

"시노하라에게 물어보면 알려나?"

"미이는 타카모리의 어떤 부분을 좋아하게 된 걸까."

"토리고에 양, 큼직한 부메랑을 던지고 계신데요."

"······."

신기했다.

토리고에는 그렇게 연애에 흥미가 있을 것 같은 타입이 아니다. 그럼에도 불구하고 나를 좋아한다는 걸 느끼고는 고백까지 해주었다.

"미지의 에너지인가?"

군이 말하자면 조용한 편인 토리고에를 그렇게까지 만든 원동력.

"무슨 소리야?"

"'좋아한다'는 마음에는 힘이 있나 싶어서."

"만화에 영향을 받은 멍청한 여자애나 할 정도로 썰렁한 말을 하지 말아줄래?"

"오늘은 토리고에의 돌직구가 참 날카롭네."

토리고에는 정좌를 풀고 컬러 박스 안에 있던 만화책을 집었다.

"이 제목도……, 이것도……."

"뭐가?"

"후시미 양이 읽어본 적 있는 만화들은, 혹시."

"아마 내가 빌려준 거겠지. 그것 말고 읽은 작품이 있다는 이야기는 못 들어봤으니까."

"……."

아무런 말도 하지 않고 그냥 들고 있던 만화를 빤히 바라보는 토리고에.

"내가……, 내가 추천하는 소설, 주면 또 읽어줄 거야?"

예전에 그녀가 얇은 문고본을 추천하면서 건네주길래 읽어봤는데, 솔직히 이해가 잘 안 되었다.

"소설? 아……. B끼리 L하는 게 아닌 거라면 괜찮아. 얼마든지."

토리고에는 쿡쿡, 살며시 웃었다.

"걱정하지 마. 소양이 없을 것 같은 사람에게는 추천하지 않으니까."

"그, 그럼 다행이고."

"다음에 가지고 올게. 읽어줘."

"아, 응."

소설을 좋아하는 토리고에가 그렇게까지 추천해주고 싶은 작품이라니, 흥미가 생긴다.

토리고에도 왠지 기뻐보였다.

"소설은 안 읽는 사람인 줄 알았어."

"만화를 더 많이 봤을 뿐이야."

어떤 장르를 좋아하는지, 해피엔딩을 좋아하는지 배드엔딩을 좋아하는지, 그녀가 내 취향을 자세히 물었다.

"⋯⋯나도 뭔가 빌려줘."

"소년만화밖에 없는데, 그거라도 상관없으면."

자리에서 일어나 만화책이 들어있는 컬러 박스 안을 뒤지기 시작했다. 작품 장르를 말로 설명하면서 몇 가지 후보를 말했다.

"이건———?"

아무렇게나 놓여있던 만화책을 토리고에가 펼쳤다.

"앗, 그건———."

큰일이다.

"⋯⋯윽."

커버를 다른 책과 바꿔두었을 뿐, 내용물은 그냥 야한 만화다.

"———바. ⋯⋯바, 바보야⋯⋯."

급하게 책을 덮은 토리고에가 떠넘기듯이 만화책을 내밀었다.

"미, 미안⋯⋯, 저기⋯⋯, 미안⋯⋯."

그녀는 내성이 있는 줄 알았는데, 그렇지 않았는지 고개를 숙인 채 얼굴을 빨갛게 물들이고 있었다.

……꺼, 껄끄럽다. 엄청나게.

후시미였다면 마구 떠들어댈 테니까 그나마 대처할 수라도 있겠지만.

"나, 나도 알아. 남자애들이 이런 걸 본다는 것 정도는. 그냥, 내 상상보다 더 수위가 높아서."

몇 초에 불과했는데 제대로 보셨네.

"후시미 양하고는 그런 것도 해?"

"뭐? 하, 할 리가 없잖아."

"그렇구나. 키스는 하면서?"

"어?"

아무것도 아니야. 토리고에는 그렇게 말하며 샤프를 쥐었다.

"나한테 빌려줄 만화책, 골라줘."

"그, 그래……."

보고 있었어……?

딱히 잘못한 건 아니다.

내가 토리고에와 사귀면서 후시미와 키스를 한 것도 아니다. 필사적으로 변명을 할 필요도 없다.

……하지만.

'아무것도 아니야'라고 작은 목소리로 말하던 그녀의 옆얼굴은 왠지 상처를 입은 것처럼 보였다.

뭐라고 말을 걸어야 할지 알 수가 없었다.

죄책감이라고 하기엔 너무 무겁고, 껄끄럽다고 하기엔 약간 가벼운———, 그런 마음이 한동안 들어서 어쩔 줄 몰랐다.

⑬ 다른 사람에게는 민감, 자신에게 쏠리는 감정에는 엄청나게 둔감

"료 군, 토리고에 양하고 무슨 일 있었어?"

중간고사가 며칠 뒤로 다가온 날 방과 후.

토리고에와 나, 후시미 셋이서 공부를 하고 집에 가는 길이었다.

"무슨 일이라니, 그게 무슨 일인데?"

"그건 나도 모르는데."

딱, 감이 온 건 저번에 우리 집에서 공부 모임을 했을 때 토리고에가 보였던 그 표정이었다.

잘못한 게 없는데도 왠지 잘못했다는 기분이 들었다. 딱히 의식하진 않았지만, 토리고에를 신경 쓰며 거리를 두고 있었을지도 모르겠다.

아무것도 아니라고, 나는 후시미에게 말해두었다.

봐서는 안 되는 토리고에의 민낯을 훔쳐봐 버린 듯한 기분과 그런 표정을 짓게 만든 것에 대한 껄끄러운 마음이 약간 들었다.

토리고에가 말한 대로 가져다준 소설도 왠지 모르게 읽지 못하고 있었다. 후시미에게 제목을 말해주자 '토리고에 양답게 괜찮은 선택'이라고 했다.

"……그 작품이라면 나도 빌려줄 수 있는데."

그녀는 입술을 삐죽대며 작은 목소리로 그렇게 말했다.

중간고사가 무사히 끝나고 우리 세 사람은 방과 후에 패밀리 레스토랑에 와 있었다. 곧바로 시노하라도 합류했고, 적당히 근황 이야기를 하다가 후시미가 말을 꺼냈다.

"시험과 시험공부, 시험 기간 동안 생활한 방식까지 포함한 반성회를 하겠어요."

테이블 위에 깍지를 끼고는 그렇게 선언했다.

"……………."

이 녀석, 진심인가. 후시미를 제외한 세 사람은 그런 표정을 지으며 서로 눈짓을 했다.

"……해방감의 여운을 좀 즐기게 해줘."

"후시미 양. 아직 답안지도 안 받았는데, 반성회는 그 이후에 해도 되지 않을까?"

"아니, 우선 주문부터 해야지."

시노하라가 질색하듯이 뱉은 한마디에, 그렇긴 하겠다고 생각하며 메뉴를 보기 시작했다.

"료 군, 전체적으로 어땠나요?"

"뭐, 평소대로라는 느낌이지."

"타카료의 '평소대로'라면 꽤 위험한 거 아니야……?"

시노하라네 학교도 중간고사가 끝난 모양이었다. 일부러 우리 공부 모임에 참가해야만 할 정도로 머리가 안 좋은 이미지는 아니었다. 오히려 성적이 좋았던 것 같은데?

"평소대로면 안 되잖아, 료 군……."

"야, 후시미, 불쌍한 걸 보는 듯한 눈초리로 보지 마."

드링크바와 적당한 단품 메뉴를 각각 주문한 다음, 시험 이야기, 그리고 전혀 상관이 없는 드라마 이야기 등, 화제가 다양하게 나왔다.

"타카료, 음료수 가져다줄까?"

"아~. 내가 갈게. 고마워."

우리는 빈 컵을 들고 자리에서 일어났다.

"여자애들은 정말 다양한 이야기를 하는구나……."

"사이좋게 지내면 그야말로 다양한 이야기를 하지."

달그락, 집게로 얼음을 넣던 시노하라에게 저번에 든 의문을 말했다.

"시노하라는 벌칙 때문에 고백한 게 아니었지?"

"그렇게 말했던 것 같은데? 갑자기 그건 왜."

"내 어떤 부분이 좋았어?"

"어?"

"아니……, 들은 적이 없었으니까."

사흘 정도 만에 깨져서 물어볼 타이밍이 없었다.

"그건……, 저기……."

달그락, 달그락, 컵에 얼음을 계속 넣는 시노하라.

가득 찼다고, 컵을 봐.

"불량 학생이 시비를 걸었을 때 구해준 것도 아니고, 모퉁이에서 부딪힌 것도 아니고, 뭔가 계기가 있나 해서."

"……끝난 이야기니까 굳이 말할 필요는 없잖아."

그녀가 홱, 고개를 돌렸다.

뭐, 그렇긴 한데.

좋아한다는 마음이 대체 뭔지 모르겠으니 참고할 수 없을까 생각했던 건데 말이야.

"어라아~? 시노잖아~."

목소리를 듣고 돌아보니 옆 반 아키야마가 있었다. 나, 그리고 시노하라와 같은 중학교를 나온 여자애다.

드링크바용 컵을 들고 있었고, 우리 테이블과 떨어진 테이블에 친구인 여자애 두 명이 있었다.

오랜만이야, 잘 지냈어? 분위기가 바뀌었네? 등등, 몇 턴 동안 이야기가 오갔다.

중학교 때 사이좋게 지낸 이미지는 아니지만, 보아하니 그럭저럭 이야기 정도는 하는 상대인 모양이다.

"그런데 말이야, 지금도 그거 해?"

아키야마가 입가에만 미소를 드리웠다.

"그거 말이야, 그거. 운명이 어쩌고저쩌고~ 하는 거."

가벼운 말투로 말하고 있지만, 약간 비웃는 느낌이 들었다.

"지금은 안 해."

미소가 딱딱해진 시노하라가 겨우 그렇게 대답했다.

"그걸 듣기 싫지 않아서 세이 여고로 간 거지?"

"……아니야."

"어~? 거짓말~?"

만약에 사이가 좋다면 약간 놀리는 거겠지만, 시노하라의 분위기로 보아 그런 게 아닌 모양이었다. 아키야마는 놀리는 거라 생각할지도 모르겠지만.

나는 아직 뭔가 하고 싶은 말이 있는 듯한 아키야마를 가로막았다.

"본인이 아니라고 하니까 이제 됐지?"

"그래도 다들 그렇게 말하면서———."

"이 녀석은 머리가 좋아서 세이 여고에 간 거야. 그것뿐이라고. 재미있고 신나는 이유가 아니라 아쉽게 됐네."

내가 그렇게 딱 잘라 말하자 아키야마는 반론할 수가 없게 된 건지 입을 다물었다.

분위기가 안 좋아진 와중에 주스를 컵에 따른 다음 그곳을 떠났다.

자리로 돌아오는 도중에 시노하라가 조용히 말을 걸었다.

"……그런 구석이야."

"뭐가?"

"아까 한 이야기."

"세이 여고에 간 이유 말이야?"

"그, 그건, 도망친 게 아니고, 고등학교 데뷔를 노린 것도 아니고, 저기, 그러니까."

"됐어. 고등학교 데뷔를 하고 싶었든, 중2병을 그만두고 싶었든, 이유 같은 건 상관없어."

"그러니까 아니라고 하잖아."

"알았어, 알았어, 발끈하지 말라고."

이 화제만 나오면 뜨거워지는 걸 보니 역시 수상하다.

"타카료의 그런 구석이……, 중2병인 내게는 '시비를 건 불량 학생에게서 구해준 것'이고, '모퉁이에서 부딪힌 것'에 해당돼."

그러니까, 그런 적은 한 번도 없다고.

머리가 좋은 녀석은 무슨 말을 하는 건지 전혀 모르겠네.

⑭ '좋아한다'는 마음을 모르겠다 두 번째

"구체적으로 어떤 거라는 말이야?"

『정말, 골치 아프네……』

후시미가 주최한 중간고사 반성회가 끝나고 집에 온 그날 밤, 나는 시노하라에게 질문 공세를 가하고 있었다.

수화기 너머에서 질색하는 표정이 눈에 선했지만, 아랑곳하지 않고 계속 말했다.

"중2 수학여행 때 같은 조였잖아. 그때?"

『잊어버렸어.』

"부탁이야. 가르쳐 줘."

나는 시노하라에게 어째서 나를 좋아하게 되었는지 물어보고 있었다.

포기한 듯한 한숨 소리가 들렸고, 그녀가 입을 열었다.

『계기는……, 응, 그래. 수학여행이려나. 조별로 행동할 때, 같은 조 다른 사람들은 걸음걸이가 빨라서 전혀 따라잡지 못했는데, 그런 와중에 타카료만 나를 기다려줬고……』

그런 적이 있었나.

"어? 그게 다야?"

『계, 계기야, 계기! 그냥 계기! …………그래서, 저기, 조금씩 의식하게 되었고……』

"겨우 그걸로 의식하게 되는 거야?"

『그건 상관없잖아! 사람마다 다르니까! ———아니, 적어도 이런 건 제3자에게 물어보라고……. 창피해서 죽을 것 같아.』

"나도."

『이 남자가…….』

그렇게 말해봤자, 이런 이야기를 거리낌 없이 할 수 있는 사람은 시노하라밖에 생각이 안 나니 어쩔 수 없잖아.

그리고 어째서 고백했는지 그 이유를 알게 되었으니 이것도 나름대로 의미가 있다.

『후시미 양이나 시이를 의식하거나 그러지는 않아? 친구로서가 아니라 여자애로서 말하는 거야.』

제일 의식했을 때는 키스당했을 때. 하지만 시노하라에게는 말하지 말아야겠다.

당했다고 말하기엔 순서가 잘못되었으니까.

"전혀 없지는 않은데……."

『참고로 시이하고 후시미 양, 둘 중 누군데?』

왠지 물고 늘어지는 것 같네.

"둘 다인 것 같아. 단둘이 있을 때는 신경을 쓰지 않아도 되고, 양쪽 다 즐거우니까."

『두근거림은……?! 가슴이 크게 뛴 적은?』

그렇게 말하면 양쪽 다 아닐지도 모르겠다.

『그날, 얼굴을 본 것만으로도 행복해지거나, 인사를 한 것만으로도 하루 종일 무적이 될 것 같다는 기분이 들지는 않았어?』

"그게 뭐야."

에휴우우우……, 하고 그녀가 크게 한숨을 쉬었다.

『고독사해버려.』

"야. 잠깐만."

어째서 죽음의 선고를 당해야 하는 건데.

"저기, 내가 이상한가?"

『병이야, 병. 중2병보다 더 악질이라고. 타카료, 첫사랑도 아직 안 했어?』

시노하라가 어이없다는 듯이 말했다.

'좋아한다'는 마음을 모른다는 게 그렇게 이상한가?

같은 반 남자 중에는 여자친구가 있는 녀석도 있다. 본인에게 들은 건 아니지만, 소문을 들었다.

하지만 나는 그게 별로 부럽다고 생각하지 않았다.

성욕은 있으니 섹스에도 흥미 정도는 있지만, 그것 때문에 상대방을 좋아하게 되는 건 아닌 것 같다. 알몸을 보고 정하는 것도 아닐 테고.

"시노하라는 내가 첫사랑이었어?"

『아쉽게 됐네요. 유치원 때였어.』

그거참 빠르네.

『이런 감정이 싹트는 건 여자애가 더 빠르기 때문이겠지만, 그렇다 치더라도 타카료는 늦은 것 같아.』

"그래서 이렇게 상담하고 있잖아."

으으으으으으음, 시노하라가 그렇게 끙끙댔다.

『여자인 내가 이런 말을 하면 안 되겠지만······. ──호, 혼자서, 하, 할 때, 후시미 양을 떠올리면서 하거나 해?』

"뭐어?"

이 녀석, 갑자기 무슨 소릴 하는 거지?

『나, 남자애들은 어차피 그런 부분으로밖에 판단 못 하잖아?』

거시기로 생각하라는 건가?

"나는 실제 인물을 떠올린 적이 없는데."

『하, 하기는 하는구나······.』

"뭐, 그야."

흐, 흐음. 시노하라가 그렇게 대답했다.

『············.』

"너, 나 가지고 이상한 상상하는 거 아니야?"

『아, 안 했어! 타, 타카료도 남자구나 생각했을 뿐이고······.』

그녀가 어흠, 하며 부자연스럽게 헛기침을 했다.

『그, 그럼, 질문을 바꿀게. 알몸을 보고 싶다면 둘 중 어느 쪽?』

"너, 엄청난 질문을 하는구나."

『꼭 둘 중 한 명이 아니어도 돼.』

"뭘 그렇게 당당하게 말하는 거야."

알몸이라니······.

『네가 모른다고 하니까 접근방식을 바꿔준 거잖아. 고마워하라고. 안 그래도 나, 지금 얼굴이 새빨개졌으니까······.』

"그랬구나. 그런 이야기를 하게 해서 미안해. 고마워."

『얌전히 고맙다고 하면서 화제를 돌리려 해봤자 소용없거든?』

어째서 들킨 거야.

그리고 이야기가 다른 곳으로 빠지고 있는 것 같은데, 시노하라.

'좋아한다'라는 마음을 알 수가 없다는 이야기에서 어느 쪽이 더 좋냐는 식으로 옮겨 가버렸다.

『시이는 나올 곳이 꽤 나온 타입일 거야, 보아하니.』

"……."

토리고에가?

『뭘 상상하는 거야.』

"네가 그런 소릴 하니까……."

『타카료는 감춰진 거유를 좋아함, 이라고…….』

"메모하지 마."

진짜로 메모를 하고 있는지 아닌지 전화기 너머로는 모르지만.

…………어? 감춰진 거유?

후시미로 따질 경우, 정면에서 보면 평평하다. 옆에서 보면 깔끔한 직선. 곡선은 0.

후시미의 알몸은 어렸을 때 몇 번 봤다.

이제 컸으니 달라졌겠지만, 지금 와서 보고 싶냐고 물어본다면 부정할 것이다.

"어라, 잠깐만 기다려 봐……?"

우리 집 작은 뜰에서 비닐 수영장에 물을 넣고 논 적이 몇 번 있었다.

그때 또 누가 있었던 것 같은데……. 아, 마나인가?

『순정만화로 공부하면 좋을 거야. 좋아한다는 감정은 착각이나

편견이 대부분이니까.』

이제 와서 터무니없는 말을 들었다.

시노하라는 없으면 빌려주겠다며 이것저것 추천했고, 특히 강하게 추천받은 작품을 빌리기로 했다.

"만화를 보고 알게 될 정도면 고생도 안 했을 것 같은데 말이지."

순정만화는 본 적이 없으니까 뭔가 다르려나?

"오빠야……, 누구하고 이야기해?"

마나가 몰래 방을 들여다보고 있었다.

"아, 시노하라하고 좀."

"아, 두목님하고 이야기하는구나."

"두목님이라니."

뭐, 어째서 그렇게 부르게 된 건지는 대충 짐작이 간다.

마나는……, 어머니가 말했듯이 가슴이 크다.

중학교 3학년 주제에, 무슨 발육이 저래.

"오빠야가 내 가슴을 빤히 보고 있어……!"

"어떻게 알았어?"

"알지~. 만져볼래?"

"안 만져."

이야기가 나온 김에 마나에게도 물어보기로 했다.

"마나는 '좋아하는 마음'이 뭐라고 생각해?"

"'좋아하는 마음'?"

마나는 으음~, 하고 끙끙대더니 잠시 후 입을 열었다.

"그 사람을 자기보다 소중히 여기는 거———, 아닐까?"

에헤헤, 하고 쑥스러워하며 말해주었다.

"아, 그렇구나."

"자, 잘 자."

창피해진 건지, 마나는 도망치듯이 떠나갔다.

두목님보다 열 배 정도는 참고가 되었다.

⑮ 허용 범위가 넓은 그녀들

"어땠어?"

점심시간, 물리실에서 토리고에가 말을 걸었다.

"어땠냐니, 뭐가."

"빌려준 소설."

그러고 보니 빌린 채로 아직 한 페이지도 안 봤네.

"아직 안 읽어서……, 미안."

"그렇구나. 취향에 맞는 것 같으면 말해. 다른 책도 빌려줄 테니까."

"응, 고마워."

떨어져 앉아 있는 토리고에를 힐끔 보았다.

"……왜 그러는데?"

"아, 아니, 아무것도 아니야."

『시이는 나올 곳이 꽤 나온 타입일 거야.』

저번에 시노하라가 했던 말이 머릿속에서 떠나지 않았다.

그런가……? 그런 건가? 고개를 갸웃거리면서 다시 힐끔 보았다.

전혀 그런 것 같지 않았다.

여자인 시노하라의 시점으로 보면 그렇게 판단할 수 있는 무언가가 있는 건가?

두목님 왈, '감춰진'이라고 하니 척 보기에는 알아보기 힘든 건지도 모르겠다.

"아까부터 뭔데? 하고 싶은 말이 있으면 해."

"아, 아니, 아무것도 아니야. 신경 쓰지 마."

"?"

의아하다는 듯이 눈살을 찌푸리는 토리고에.

내가 빌려준 만화 이야기가 나왔고, 그녀가 이것저것 질문했다.

스포일러가 되지 않게끔 이야기를 나누고 있자니 그 캐릭터가 좋다, 이 캐릭터가 어떻다, 하며 자연스럽게 분위기가 좋아졌다.

"어째서 적 쪽 여자 캐릭터는 가슴이 큰 걸까."

"어, 가슴……, ──어?"

"……왜 그렇게 동요하는 건데. 공감되는 이야기 아니야?"

또 보고 있던 걸 들켰나 싶었다.

하지만 그런 게 아닌 모양이었다.

나는 안심하며 가슴을 쓸어내렸다.

시노하라 때문이다.

그 녀석이……, 내게 저주를 걸었다고.

'감춰진 거유'라는 강력한 단어를 써서 자연스럽게 내 의식을 토리고에의 가슴에 쏠리게끔 조작한 것이다.

"저기, 공감되긴 하지. 적 쪽 여자 캐릭터는 섹시한 계열이 많으니까."

"피규어로 나오면 대단할 것 같아."

그래, 그래, 분명히 장난 아니겠지. 토리고에는 그렇게 말하며 자기가 한 말에 고개를 끄덕였다.

"타카모리 군도 큰 쪽이 좋아?"

"어? 뭐가?"

"흐름을 보면 알잖아. 가슴."

무심코 시선이 다시 가슴 쪽으로———.

고개를 흔들면서 눈을 돌렸다.

"굳이 말하자면 큰 쪽이 좋, 으려나?"

"그렇구나."

토리고에는 무표정했지만, 책상 아래에서 살짝 승리 포즈를 취하고 있다는 걸 알 수 있었다.

몰래 그러고 있다고 생각하겠지만, 이쪽에서는 다 보이거든?

"그렇구나. 흐음."

쿨한 척하는 토리고에가 '타카모리 군은 큰 쪽을 좋아하는구나'라고 확인하는 듯이 몇 번이나 거듭 말했다.

그렇게 거듭하는 걸 보니 역시……?

그래도 교복을 입고 있으니 전혀 그렇게 보이질 않거든. 대체 어떻게 된 거야, 토리고에의 가슴.

"이, 이제 이런 이야기는 됐어."

왠지 묘하게 부끄러워져서 억지로 화제를 돌리기로 했다.

"그럼 반대로, 토리고에는 페티시즘 같은 거 있어?"

"목소리."

대답 빠르네.

부끄러워하지도 않고, 오히려 그걸 자랑스러워하는 듯한 표정

이었다.

"성우가 착하다, 착해라고 해주는 게 좋아."

차카다차케? 닉네임인가?

"매우 구체적이네."

그렇다면 내가 그 페티시즘을 자극했다는 건가?

"타카모리 군은 아니야. 페티시즘하고 그 사람을 좋아하는 건 별개라고 해야 하나."

"그럼 나도 그런 것 같은데."

"흐음, 그렇구나."

좀 전까지와는 달리 낮게 깔린 목소리였다.

"타카모리 군, 계속 내 가슴 보고 있었지."

"어? 안 봤, 는데요……."

"아니, 다 알거든?"

진짜로? 마나도 안다고 했었지.

갸루만의 고유 능력이 아니었던 건가?

"나는 딱히 상관없지만……."

상관없다고?

토리고에는 그렇게 말하며 볼을 붉히고 있었다.

"그래도 창피하니까, 그러지 말았으면, 좋겠어……."

"죄송합니다."

"그거, 완전히 성희롱이거든?"

"정말 죄송합니다."

"가슴 성인."

"크헉, 받아칠 수가 없어……."

후후후, 그녀는 한숨 같은 웃음소리를 흘렸다.

"그런 식으로 본 거, 아마 처음이니까……."

처음이니까……?

말을 계속 하게끔 기다리고 있자니 토리고에가 짐을 들고 일어섰다.

"뭐야, 말하다 말고."

"타카모리 군이 그런 식으로 본 적이 없었으니까……, 조, 조금……, 기뻤을 뿐이야."

그녀는 작은 목소리로 말한 다음, 얼굴을 붉히며 물리실에서 나갔다.

"기쁘다고?"

성희롱인데?

토리고에는 변태인가?

너무 빤히 봐버린 건 나도 매우 반성해야 한다.

시노하라가 말했던 '여자애로 의식한다'는 건 이미 충분히 하고 있는지도 모르겠다. 아마 고백받은 그 날부터.

수업이 시작되기 5분 전에 교실로 돌아갔다.

"저기, 후시미, 다음 수업 뭐야?"

"몰라요."

……어라? 왠지 기분이 안 좋은 모양인데?

그런 상태가 방과 후까지 이어졌다.

기분이 상해서 내가 학급 일지를 다 쓸 때까지 기다리지 않고 먼저 갈 줄 알았는데, 옆에서 기다려 주었다.

하지만 아무 말도 하지 않아서 분위기가 무겁다.

"먼저 가도 되는데."

"기다리고 있는데 먼저 가라니, 너무한 거 아닌가요?"

왜 존댓말을 하는데.

"내가 뭐 잘못했어? 그럼 사과할게."

"안 했지만, 했어."

"수수께끼 내지 마. 구체적으로 뭔데?"

"토리고에 양에게 성희롱했잖아."

어떻게 안 거야.

"'후시미 양도 조심해'라던데."

신고했어?!

게다가 제일 골치 아플 것 같은 사람에게!

"나한테는 전혀 그런 거 안 하면서."

그래서 기분이 안 좋았구나.

아니, 그렇게 말하면 해달라고 하는 것처럼 들리잖아.

그야……, 뭐, 그치…….

척 보면 알아볼 수 있다고 해야 하나, 감추려 해도 감출 게 없다고 해야 하나.

토리고에의 가슴은 볼 때 가슴이 두근거리지만, 후시미의 가슴은 안심이 된다.

눈에 익은 몸매고, 아마 앞으로도 그럴 거라는 생각이 들 정도로 매우 안정적이다.

"가슴은 안 돼, 료 군. 가슴은 사람을 혼란스럽게 만들거든."

진지한 표정이었다. 그녀가 빤히 바라보니 쑥스러워졌다.

"아, 알았어, 알았어. 앞으로는 조심할게."

"……료 군, 나는 성장기일 뿐이니까."

"아직 아무 말도 안 했어."

쓴웃음을 지으며 학급 일지를 마저 썼다.

"내 입으로 말하긴 좀 그렇지만, 다리도 가늘고. 자, 봐."

그녀가 이쪽을 향해 자랑스러워하는 날씬한 다리를 뻗었다.

"그만해. 그 각도로는 팬티가 보일 것 같으니까."

"흐갸아악?!"

후시미는 이상한 소리를 내면서 치마 끄트머리를 눌렀다.

"변태, 변태, 변태, 료 군은 변태야."

"네가 무슨 어린애냐."

내가 어이없다는 듯이 말하자 후시미는 깔깔대며 웃었다.

"……료 군에게 보여주는 거라면, 약간은 세이프인걸……."

⑯ 동영상을 찍어보자

중간고사가 끝나고 첫 주말.

오전에 일어나서 늘어진 채 텔레비전을 보다가 아침 겸 점심을 먹고, 적당히 게임을 하는————, 그런 매우 평범한 하루를 보낼 수 있을 줄 알았는데 그렇지 않았다.

"오빠야~? 히나 와 있어~."

"으어……."

목소리를 듣고 일어나자 방 안으로 마나가 고개를 내밀었다.

머리맡에 있는 시계를 보니 아직 아침 8시.

화면에는 메시지와 전화가 각각 세 통씩 와 있었다.

양쪽 다 후시미에게서.

"뭐야……."

"나도 모르겠는데, 놀러 왔겠지?"

토리고에도 그렇고, 8시에 오지 말라고…….

"들어오라고 해도 되지? 아니, 이미 뒤에 있거든."

"아, 그래……."

일어난 지 5분도 안 되어서 정보가 연달아 들어오니 제대로 처리할 수가 없네…….

"료 군, 좋은 아침이야."

마나 옆에서 후시미가 고개를 쏘옥 내밀었다.

"후후후. 진짜 방금 일어났네."

"자다 일어난 오빠야 귀엽지?"

"응. 맞아."

자다 일어난 모습을 놀림당하는 것도 마음에 들지 않았기에 나는 침대에서 빠져나와 바닥에 앉았다.

"왜 이렇게 아침 일찍 온 거야."

"저기, 딱히, 이렇다 할 볼일은 없긴 한데."

아하하, 그렇게 쓴웃음을 지으며 볼을 긁는 후시미.

"뭐, 됐어. 토리고에가 온다고 했으니까."

마침 잘됐네.

"아……, 그래서 히나가 아침 일찍 온 거구나."

"쉿~, 쉿~."

마나는 그렇구나, 하고 눈웃음을 지으면서 말하고는 '음음' 소리와 함께 고개를 끄덕이고 있었다.

"모르는 사이에 둘이서 놀기로 약속해버리니깐……."

토리고에는 친구니까 후시미도 끼고 싶었던 거겠지~.

자기가 모르는 사이에 친구들끼리 사이좋게 지내면 약간 마음에 걸린다고 해야 하나. 응, 나도 그런 심정은 이해가 돼, 후시미.

"오빠야는 분명히 이해 못 했을 거야. 그런 표정이니까."

"후시미는 레슨 같은 것 때문에 바쁠 줄 알았다고. 일부러 말할 필요도 없잖아."

"뭐, 그렇긴 하지만."

"히나는 속박하는 계열이야?"

"정말, 아니라니까."

"죽을 만큼 둔감하고 바보 같은 오빠야지만, 그게 또 사랑스럽단 말이지. 손이 많이 가는 애일수록 귀엽다고 해야 하나."

여동생이 어머니 같은 눈높이로 나를 보고 있어…….

그럼 느긋하게 있다가 가~. 마나는 그렇게 말하면서 후시미를 방 안으로 밀어 넣고는 문을 닫았다.

"옷, 갈아입을 거야."

"앗. 미, 미안해. 눈 감고 있을 테니까."

꼬오오오오옥, 그녀가 있는 힘껏 눈을 감았다. 그야말로 ◊_◊ (이런 표정)이었다.

마나가 보낸 메시지가 도착했다. 아침밥을 방으로 가져다주겠다고 하면서 타이밍을 말해달라고 했다.

옷을 갈아입으면서 답장을 보냈다.

'이제 됐어' 하고 내가 눈을 꽉 감고 있던 후시미에게 말을 걸었다.

나는 딱히 보여줘도 상관없지만, 후시미는 그렇게 생각하지 않았던 모양이다.

"눈을 감고 있으니까 소리만 들려서 이상하게 가슴이 두근거리네……."

"내 알몸 정도는 몇 번이나 봤잖아."

"그렇긴 한데……."

시노하라가 누구 알몸을 보고 싶냐고 했던 질문이 문득 머릿속을 스쳤다.

"그래도 그건 어렸을 때잖아? 고등학생이 된 지금하고는 전혀 다를 테고."

"……"

후시미도 납작하긴 하지만, 나름대로 차이가 있다는 건가?

"왜 그래?"

"아, 아니, 아무것도 아니야."

시노하라 때문에 성적인 부분을 의식하게 되어버렸잖아.

"오늘은 레슨 없어?"

"오늘은 저녁때부터니까 그때까지는 자유시간이야."

브이, 브이, 하며 손으로 V자를 그리는 후시미. 멋진 미소였다.

마나가 가져다준 아침밥을 먹으면서 연기 이야기를 조금 들었다.

"드라마나 영화뿐만이 아니라 소설도 읽는 게 표현력을 더 살릴 수 있다고 추천받아서."

그게 소설을 읽게 된 계기인 모양이었다.

지금까지 독서가라는 이미지가 전혀 없었기에 최근에 생긴 취미라면 이해가 된다.

"료 군은 뭐 할 때 즐거워?"

"일단 게임을 할 때나 만화를 볼 때려나……"

"뭘 하고 싶은지는 거기서부터 생각하면 되는 거야, 료 군."

"그렇, 겠지."

맞장구를 치긴 했지만, 역시 마음에 걸렸다.

좋아한다고 해서 그쪽 일을 할 수 있다는 보장은 없을 것이다.

그건 주인공력이 강한 후시미이기에 가능한 발상 아닐까.

이런 생각을 하는 내가 비굴한 걸까.

굳이 말하자면 나처럼 생각하는 게 평범할 것 같다.

다음에는 후시미가 추천하는 영화 이야기가 나왔다.

그 감독이 어쩌고, 이 여배우가 어떻다든가, 계속 이야기하고 있다.

좋아하는 것에 대해 말수가 많아지는 건 모든 사람의 공통점인 것 같다.

"실례합니다."

밖에서 목소리가 들렸고, 토리고에가 살며시 문을 열고 안을 확인하려는 듯이 방 안으로 고개를 내밀었다.

방금 눈치챘는데, 토리고에가 보낸 '도착했어'라는 메시지와 마나가 보낸 '토리를 위쪽으로 안내해줄게~?'라는 메시지가 어느새 와 있었다.

"목소리가 들린다 싶었는데……, 후시미 양, 있었구나."

"토리고에 양, 좋은 아침이야."

"……응, ……좋은 아침."

"".…….""

마치 시간이 멈춘 것처럼, 후시미와 토리고에가 시선으로 뭔가 이야기를 하고 있었다.

이 분위기는 뭐지?

"어서 와. 안으로 들어오지 그래?"

"응. 그렇게 할게."

타박타박, 그렇게 다가온 토리고에가 후시미와 마찬가지로 침대에 걸터앉았다.

그리고 서로 힐끔 보고는 다시 입을 다물었다.

……이 느낌은 대체 뭔데?

애초에 토리고에가 우리 집에 온다고 하긴 했지만, 딱히 뭔가를 하자는 이야기는 없었다. 후시미는 온 것 자체가 갑작스러웠고.

곤란해진 나는 최근에 빠진 소년만화를 포교하기로 했다.

흐음, 흐음, 하며 열심히 내 프레젠테이션을 들은 두 사람은 곧바로 만화책 1권을 둘이서 보기 시작했다.

사이좋네.

그동안 나는 한가했기에 예전부터 마나가 부탁했던 동영상을 편집하기로 했다.

"료 군은 뭐해?"

"스마트폰 게임?"

두 사람이 묻자 나는 들고 있던 휴대폰에서 눈을 떼지 않고 대답했다.

"마나가 SNS에 영상 올리고 싶다고 해서. 저번에 불꽃놀이 했던 거 있잖아. 그런데 그 녀석은 이런 걸 제대로 못 하니까 내가 원래 동영상을 잘라내고 붙여서 적당히 이어주고 있어."

""호오, 그렇구나.""

사이좋네.

스마트폰은 나 같은 일반인에게는 컴퓨터나 마찬가지였다.

조금만 찾아보면 전용 어플 같은 게 얼마든지 있고, 전문적인

지식이나 작업도 필요 없다. 그야 프로 인터넷 방송인이 보기에는 소꿉장난 같은 것일지도 모르고, 수고가 많이 드는 데다 시간도 오래 걸릴지 모르겠지만, 그런 것들을 쓰면 간단한 동영상 하나 정도는 만들 수 있다.

"뭐, 이 정도면 되겠지."

30분 정도 시행착오를 거쳐서 BBQ 때 찍은 불꽃놀이 동영상이 완성되었다.

"료 군, 보여줘."

"나도 보고 싶어."

"상관없긴 한데, 그렇게 대단한 건 아니거든?"

""됐으니까 얼른.""

두 사람이 내 손 근처를 들여다보자 나는 마나에게 보내려던 파일을 재생시켰다.

원래 찍은 동영상은 네 개. 그중 괜찮은 부분을 각각 잘라내서 20초 정도로 정리했다.

보기 편하게끔 필터를 씌우거나 마나가 좋아하는 힙합 곡을 BGM으로 넣는 등, 내가 생각해도 잘 된 것 아닐까 할 정도로 괜찮았다.

"대단해~. 불꽃놀이 예쁘다."

후시미는 초등학생 같은 감상을 말했다. 그에 비해 토리고에는 달랐다.

"짧긴 하지만, 불꽃놀이만이 아니라 그걸 하고 있는 사람들이 즐거워하는 표정까지 제대로 들어가 있어서 현장감이 느껴지네."

"헉."

후시미가 토리고에를 보고는 어흠, 헛기침을 했다.

"BGM도 방해가 되지 않아서 스타일리시하게 마무리된 것 같네요."

"후시미, 군이 경쟁할 필요는 없거든?"

으으으, 하며 입을 다문 후시미는 토리고에와 함께 그 동영상을 다시 재생시켜서 보고 있었다.

"료 군, 이런 것도 할 수 있구나."

"뭐, 어플 덕분이지."

"그래도 적당히 올리는 사람은 적당히 올려. SNS에도."

"맞아, 맞아."

토리고에도 그렇게 말하며 맞장구를 쳤다.

"어플이라고는 해도 편집 작업은 수수하고 귀찮으니까 적당한 부분을 잘라내서 그대로 올려버리는 사람이 대부분이지."

"마나가 SNS를 열심히 하거든. 좋아요를 많이 받았다고 하면서 기쁜 듯이 말해주니까 나도 좀 더 신경 써볼까 해서."

약간 재미가 있기도 했다. 내 계정은 방치해둔 채 아무것도 올리지 않지만.

"료 군은 분명히 자기가 즐거운 게 아니라 다른 사람이 즐거워하거나 기뻐하는 걸 자기 즐거움으로 삼을 수 있는 사람일 거야."

방긋방긋 웃는 후시미도 왠지 기뻐 보였다.

냠냠, 점심밥인 카레를 먹으며 후시미가 말했다.

"이랬다면 좀 더 잘 편집할 만했을 것 같다거나, 구도가 더 좋지 않았을까~? 같은 생각 안 해봤어?"

"그야 어느 정도는 해봤지."

우리 집 다이닝 룸에서 마나가 만들어둔 카레를 데워서 먹고 있다.

정작 만든 사람은 친구들하고 노래방에 간 모양인지 이미 집에 없었다.

"그래서 편집하거나 가공해서 괜찮은 느낌으로 동영상을 만드는 거니까."

"그거야, 그거! 바로 그거야, 료 군. 그럼 아예 자기가 처음부터 찍으면 좀 더 괜찮은 영상이 될 것 같지 않아?"

뭐, 그렇긴 하지.

"……."

토리고에는 입만 움직이면서 우리가 나누는 이야기를 듣고 있었다.

마나 카레는 맛있으니까 말이 안 나오는 거겠지.

"저, 저기……, 나를, 찍어보지 않을래?"

"후시미를?"

"여, 연습이라도 괜찮으니까. 부끄럽긴 하지만……, 료 군이라면 괜찮을까 싶어서……."

말 그대로 부끄럽다는 듯이 우물거리며 말하는 후시미.

후시미는 연기를 공부하고 있다. 이런 것도 어느 정도 연습이 될 것이다.

"괜찮긴 한데."

"어? 괜찮겠어?"

"응."

다행히 내 휴대폰은 올해 봄에 기종변경을 한 지 얼마 안 된 최신형이다.

탑재되어 있는 카메라도 그럭저럭 괜찮다.

"이건 나하고 료 군, 둘 다 윈윈이야. 서로 연습도 되고."

"나한테는 무슨 연습이 되는데."

"그건……, 그, 동영상 편집자?"

"그게 뭐야."

나는 그렇게 말하며 웃었다.

"아니, 료 군이 즐거워 보이길래."

"그래?"

후시미가 응, 하며 고개를 끄덕이자 토리고에도 곧바로 말했다.

"나도 그렇게 생각했어. 뜻밖이었고. 이런 건 귀찮다고 하면서 손대지도 않을 줄 알았는데."

내가 자각하지 못한 것뿐인가?

하지만 정말로 즐거워하고 있는지는 제쳐두더라도, 싫지는 않았고 힘들지도 않았다.

"시험 삼아 지금 뭔가 찍어볼까."

두 사람보다 밥을 먼저 다 먹은 나는 휴대폰 카메라를 켜고 동영상 모드로 전환했다.

렌즈로 후시미를 비추었다. 카레를 3분의 2 정도 먹은 참이었다.

"어? 지금?"

"지금."

"어어어……, 모, 모르겠는데. 갑자기 찍어도 말이야."

허둥지둥하던 후시미는 두 손으로 컵을 들어 올리고는 물을 마시는 시늉을 했다.

"역시 아무 계획도 없이 찍히는 건 곤란한가……."

그래도 본인이 찍어보라는 이야기를 꺼냈잖아.

"공동 계정을 만들어서 찍은 동영상을 올린다든가."

토리고에가 조용히 말했다.

"“오오…….”"

"어, 뭐야?"

목적이 있으면 찍기 편할지도 모르겠다.

"그럼 그런 방향으로 해볼까."

"료 군이 평소와는 달리 적극적이야."

"사실 신이 난 거 아닐까?"

여자애 두 명은 서로 마주 보며 쿡쿡 웃었다.

점심식사를 마친 우리는 다시 방으로 돌아왔다.

나는 휴대폰 카메라를 들이대면서 침대에 앉아있던 후시미에게 요청했다.

"자기소개부터."

"오케이. 그런 건 중요하니까."

어흠, 그녀가 헛기침을 했다.

"여기서부터 써줘, 여기서부터."

말이 끝나자마자 늘어져 있던 후시미의 표정이 빠릿빠릿하게 다잡혔다.

"후시미 히나. 현립 고등학교에 다니는 열여섯 살입니다. 아버지와 할머니, 할아버지, 이렇게 넷이서 살고 있습니다."

다음에는 어떻게 해? 후시미가 그렇게 눈짓으로 물어보았다.

어떻게 할지 생각하고 있자니 토리고에가 노트를 펼치고 펜을 놀렸다.

『취미는?』

그렇구나. 자기소개답네.

"취미는 영화 감상과 독서입니다. 지금은 연기도 공부하고 있고……, 여배우가 목표라는 느낌이네요."

이쪽을 향해 수줍은 듯한 미소를 보이는 후시미.

화면 너머로 저 미소를 본 남자들은 숨이 멎을지도 모른다.

『남자친구는? 좋아하는 타입이라든지.』

토리고에가 다시 지시를 내렸다.

"남자친구는 없어요. 좋아하는 타입은……, 성실하고 안심할 수 있는 사람이에요."

잠깐만.

왠지 이거, 야동처럼 되어가는 것 같은데?

『키스 경험은?』

"저기……, 이걸 말해야 해?"

토리고에가 진지한 표정으로 고개를 끄덕였다.

후시미는 안절부절못하다가 카메라가 있다는 걸 떠올리고는 다시 빠릿빠릿한 표정으로 돌아왔다.

"있어요. 딱 한 번."

당당하게 고백했다. 토리고에가 이쪽을 홱 돌아보고는 흐음, 하고 중얼거렸다.

뭐야, 뭔가 하고 싶은 말이 있는 것 같은데?

『섹스 경험은?』

야, 토리고에.

그 질문, 너, 알고 그러는 거지?

화끈, 얼굴이 단숨에 새빨개진 후시미는 당황하며 대답했다.

"―――어, 없어요. 안 했어요."

여배우이긴 한데, 다른 여배우로 보이기 시작하네…….

"후시미 양도, 아직 안 했구나."

'후시미 양도'라니, 토리고에 양. 저기, 자폭하신 거 아닌가요?

조용히 중얼거린 말이 저한테도 들렸는데요?

그녀는 흐음, 흐음, 하며 다시 질문하려고 했고, 내가 그 손을 붙잡았다.

"토리고에, 장난 그만해."

녹화를 멈췄다.

노트에는 성감대라고 적혀 있었다.

뭘 알아내려 하는 거야.

"알고 싶지도 않을 거 아냐."

"아니, 그래도 정석이다 싶어서."

어째서 그런 지식이 있는데, 너.

"왜 그래?"

후시미가 순수하고 눈부신 미소를 지으며 우리를 바라보았다.

"아무것도 아니야. ……토리고에, 이런 흐름하고 그 질문이 정석이라는 걸 어떻게 아는 건데."

"……."

그녀가 고개를 홱, 돌렸다.

후시미에게는 그렇게나 물어봐 놓고 대답하지 않았다.

"아, 나 슬슬 가봐야 해. 계속 있다간 늦겠어."

"역까지라도 바래다줄까?"

한순간, 토리고에의 시선이 느껴졌다.

"고마워. 그런데 일단 집에 가서 아버지 차를 타고 갈 거니까 괜찮아."

짐을 정리한 후시미는 그럼 갈게, 라는 말을 남기고 방에서 나갔다.

방금 찍은 동영상을 보았다. 역시 방 안, 침대 위라 그런지 그럴싸한 느낌이 꽤 들었다. 아니, 그런 것으로만 보였다.

"타카모리 군이 침대에 앉히고 자기소개 같은 걸 시키니까."

"질문하기에 따라서 그런 느낌이 안 들게 할 수도 있었어. 장난이나 치고……."

나 참. 나는 그렇게 말하며 살짝 한숨을 쉬었다.

장난기가 생겨서 그랬는지, 토리고에가 조용히 웃고 있었다.

그건 그렇고 어떻게 알고 있었던 걸까.

다른 종류의 여배우가 나오는 동영상이 될 뻔했다.

"아니, 나도 흥미 정도는 있으니까."

"어? 뭐가."

"잘 모르거든, 그런 거, 전혀. 한 적도 없고. 만약에 그런 걸 하게 되면 당황할 테니까 사전지식이라고 해야 하나, 준비라고 해야 하나⋯⋯, 그래서, 저기⋯⋯."

토리고에의 얼굴이 서서히 붉게 물들었고, 금방 귀까지 빨개졌다.

"정말, 아무것도 아니야──, 잊어버려!"

"알았어. 못 들은 걸로 할게."

워워, 진정해. 나는 그렇게 말하며 두 손을 위아래로 흔들었다.

"응. 그래 주면 고맙고⋯⋯."

토리고에는 이쪽 보지 마, 하며 두 손으로 얼굴을 가렸다.

"저기. 역까지 바래다준다는 건, 둘이서 자전거를 탄다는 뜻이야?"

"음~, 상상에 맡기지."

"나쁜 사람이네. 반장님이면서."

"굳이 반장님이라고 부를 필요는 없다니까."

얼굴을 보여주지 않으려 하는 건지 토리고에가 내 뒤로 슬쩍 돌아갔다.

"뒤에서 끌어안을 거 아냐."

"끌어안는다고 할 정도는 아니지만, 허리에 팔을 두르긴 하겠지."

"그렇구나. ⋯⋯치사한 사람."

스륵, 토리고에가 내 허리에 팔을 둘렀다.

생각했던 것보다 더 밀착해서 닿고 있었다.

"이, 이런 느낌?"

"뭐, 뭐……, 그런 느낌…….."

가슴만큼은 후시미와 다르지만.

"등이 넓네."

"평범한 것 같은데."

언제까지 그러고 있을까.

놓으라고 하기도 껄끄럽고, 놓은 다음에 할 것도 딱히 없었다.

무슨 말을 해야 할지 몰라서 조용히 있었더니 등에 머리가 닿는 감촉이 느껴졌다.

한동안 그러고 있자니 토리고에가 갑자기 팔을 풀고는, '갈게'라는 말만 남겨두고 재빨리 떠나갔다.

⑰ 학교 축제 회의 첫 번째

"제1회, 학교 축제 참가 항목 회의~."

롱 홈룸――, 반마다 각각 따로 뭔가 자유롭게 하는 시간이 시작되자마자, 담임 선생님인 와카가 나른한 목소리로 말했다.

"벌써 그런 시기구나~."

옆에서 후시미가 느긋하게 말했다.

보통 이런 회의는 쉽사리 결론이 나지 않기 때문에 약간 마음이 무거웠다.

아직 5월 말인데 너무 이르지 않나? 그런 생각을 할 수도 있지만, 의외로 이 시기부터 시작해야 무난하게 진행된다……는 모양이다.

작년에도 회의 자체는 이 시기부터 했었던 것 같고.

"그러니까 학급 임원 두 사람, 잘 부탁해."

가벼운 말투로 그렇게 말한 다음, 와카가 출석부만 들고 교실에서 나갔다.

나와 후시미는 어쩔 수 없이 앞으로 나가 사회와 진행을 맡게 되었다.

"뭔가 하고 싶은 거 있나요?"

후시미가 사람들에게 물어보았지만 옆자리끼리 서로 마주 보며 웅성웅성 뭔가 이야기할 뿐, 의견을 내놓는 사람은 없었다.

서기를 맡아 분필을 잡긴 했는데, 분필이 나설 차례는 한동안 없을 것 같다.

뭐, 그야 첫 학교 축제도 아니고 마지막 학교 축제도 아니니 열심히 할 이유 같은 것도 없다.

처음이든 마지막이든, 나는 똑같겠지만.

처음이자 마지막인 고등학교 2학년 학교 축제야! 그러니까 열심히 하자! 같은 멋진 소리를 하는 녀석도 없고.

"어떻게 정할까?"

후시미가 곤란해하며 이쪽을 돌아보았다.

"아무도 제안을 안 하는데……, 아니, 아마 하고 싶은 게 없는 거겠지."

내가 그러니까.

제안을 하지 않는 게 아니라, 애초에 제안할 게 없을 것이다.

"어~? 그래?"

후시미가 눈살을 찌푸리며 으으으, 하고 끙끙댔다.

교실 안을 힐끔 보니 가까운 자리끼리 이야기를 나누는 사람이 있긴 했지만, 큰 목소리로 말하는 사람은 없었다.

"히나가 있으니까 마스코트로 내세워서 카페 같은 건 어때?"

여자애들 중 한 명이 가벼운 말투로 말했다.

그래, 그래, 카페란 말이지.

타다닥, 칠판에 주제를 적어나갔다. 마스코트가 있다고 덧붙이는 것도 잊지 않았다.

누가 말한 건지는 모르겠지만, 아직 토론까지도 못 가고 있으니 좋고 나쁜 건 별개로 치고 제안한 것 자체는 고맙다.

"왜 나를 중심으로 하는데?"

"그런 제안이니까."

"그럴 거면 여자애들 전부 끌어들일 건데? 나도 교실에서 계속 당번을 맡는 건 싫으니까."

그렇긴 하지.

"그럼 메이드 카페."

남자애의 제안이었다. 흔하긴 하지만, 뭐, 카페라는 주제도 나왔으니 이것도 괜찮겠지.

"남자들은 그렇게 야한 걸 여자한테 시키고 싶은 것뿐이잖아~."

"메이드는 야하지 않다고!"

오, 드디어 토론다워지기 시작했다.

메이드가 야한지 아닌지는 제쳐두고, 마음껏 토론하게나.

"메이드 카페라……, 료 군, 어떻게 생각해?"

머릿속으로 후시미에게 메이드복을 입혀보았다.

"아……, 나쁘지 않네."

"그렇구나."

카페와 메이드 카페를 계기로 간간이 의견이 나오자 남자 쪽에서 반대하거나, 여자 쪽에서 야유를 보내기도 하는 등, 나온 제안에 대해 누군가가 반대했다.

후보로 나온 안건 숫자는 여섯 개가 되었지만 그 옆에는 반대 의견도 적혀 있었다.

"다수결 같은 걸로 정해버릴까?"

나는 곤란하다는 듯한 표정을 짓고 있던 후시미에게 고개를 저었다.

"그러면 반대 의견을 찍어누르게 돼. 아직 시간이 있으니까 이번에는 아이디어를 내는 시간으로 해도 되지 않을까?"

"그렇긴 하네."

나를 빤히 바라보는 후시미.

"왜 그래?"

"아니. 료 군이 은근히 믿음직하다 싶어서."

그거 고맙네.

"후시미는 뭔가 하고 싶은 거 없어?"

"아니~. 있긴 한데, 아직 없다고 해야 하나?"

그게 무슨 소린데.

토리고에를 보자 천천히 고개를 젓고 있었다.

그쪽도 딱히 없단 말이지.

교탁에는 학교 축제의 전시, 참가 항목에 대한 규칙이 적힌 프린트가 놓여 있었다.

교실을 사용해서 전시, 혹은 가게를 내거나 체육관 무대를 사용해서 참가하는 것 등, 무엇 하나는 해야만 한다.

작년과 마찬가지로 교실을 통째로 휴식 공간으로 내주고 마음대로 쓰라고 하는 건 금지다. 체육관 무대를 쓸 경우, 공연 시간은 선착순이라고 한다.

"후시미의 1인 연극이라든가."

"아니~. 아무리 그래도 그건 좀……."

"농담이야."

그래도 싫지만은 않은 것처럼 고민하고 있다.

"그렇게 되면 후시미에게 전부 떠넘기게 되어버리니까. 일단은 반 전체가 참가하는 행사인데."

"그, 그렇지. 남녀노소, 반 전체로 뭉치는 게 중요하지."

"맞아. 다들 동갑이지만 말이야."

인싸든 아싸든, 모두가 한곳에 모이게 된 어둠 전골 같은 교실이니 이럴 때 정도는 함께 행동하라는 뜻이다.

초반에는 괜찮게 진행되었지만 결국 내 예상대로 토론이 난항을 겪었고, 나중에는 아무런 의견도 나오지 않게 되었다.

뭐, 첫 번째 회의니까 이 정도면 되겠지.

와카도 여러 번 할 걸 예상하고는 제1회라고 했을 테고.

"그런데 뭔가 제안을 해도 반대 의견이 꼭 나와버리네."

"그야 하고 싶지 않은 건 알기 쉬우니까."

뭐든 상관없다는 의견은 반대로 말하자면 뭐든 좋지 않다는 것이기도 하다.

자기가 생각하는 '뭐든 상관없다'라는 기준이 다른 사람과 같을 거라는 보장은 없다.

30여 명의 최대공약수를 산출하는 건 꽤 힘들다.

"그럼, '하고 싶지 않은 것'을 먼저 말해보자."

그렇게 하면 나중에 반대 의견을 내기 힘들 것이다.

슬쩍 제안해보니 마침 조용해졌을 때라 다들 들은 모양이었다.

"반장님, 그거 괜찮네."

"'하고 싶지 않은 것'이 '하고 싶은 것'보다 말하기 편할 것 같긴 해."

"반장님, 나이스."

"그러니까, 굳이 반장님이라고 부를 필요는 없다고."

몇 번이나 말했는데.

토리고에도 무표정하게 고개를 끄덕이고 있었다.

"그거 괜찮네."

후시미가 맞장구를 친 게 결정타가 되어 차례대로 하고 싶지 않은 것, 싫어하는 것을 말해나갔다.

'우리가 메이드나 코스프레를 하는 쪽은 안 돼'라는 의견이 나왔다.

여자애들이 힘들 것 같으니까.

후시미와 토리고에도 그렇게 생각하는지 응, 응, 하며 고개를 크게 끄덕이고 있었다.

"여자가 코스프레를 안 하는 쪽은 안 되지."

이건 남자들의 의견이었다.

반대 의견에 반대하지 말라고, 번거롭잖아.

물론 여자애들에게 집중포화를 당하게 되었다.

"메이드 같은 야한 거 하면, 남자들이 야한 눈으로 보잖아."

"메이드는 야하지 않아!"

어째서 메이드에 그렇게 뜨거운 반응을 보이는 건데.

이런, 이런. 나는 그렇게 말하며 칠판에 나온 의견을 적어나갔다.

"나는……, 다 같이 정한 대로 따를게. 후시미 양이나 반장님이 이런 식으로 정해준다면 안심할 수 있으니까. 정해지면 불평하지 않을 거고, 할 일도 제대로 할 거야.”

그중에는 이런 말을 해주는 남자애도 있었다.

친구가 될 수 있을 것 같은데……, 나중에 말을 걸어봐야지…….

5월이 끝나가고 있긴 하지만, 아직 괜찮으려나.

그리고 토리고에 차례가 되었다.

“……로미오와 줄리엣처럼 특정 남녀가 학교 축제를 계기로 연애를 시작할 것 같은 연극은 싫어.”

딱 잘라 싫다고 말했다.

뭔가 꽤 구체적인 것 같은데……? 못을 박아두는 것 같기도 하고…….

후시미가 소리 없는 반론을 펼치고 있었다. 뭐어어어어? 라고 말하려는 듯이 얼굴을 찡그리고 있다.

못이 박힌 사람이 여기 있었네!

모처럼 미소녀인데 다 망치고 있으니까 그 표정은 지금 당장 그만둬.

“반장님하고 료 군은 뭔가 생각한 거 있어? ‘이런 학교 축제는 싫다’ 같은 거.”

“이봐, 연상 게임처럼 되어가고 있잖아.”

비슷하긴 하지만 주제가 그게 아니었을 텐데.

“나는 모두가 제각각 열심히 할 수 있는 게 좋아. 누군가에게 이래저래 떠넘기거나 일을 맡겨놓고 놀게 되지 않는 거.”

“료 군……, 브라보~.”

박수 치지 마. 쑥스러워지잖아.

"좋은 말 하네, 반장님."

"직책에 맞게 성실한 의견이야."

"자기 혼자 편한 걸 맡으면 왠지 껄끄럽기도 하니까."

다들 각각 그렇게 말했다.

보아하니 내 제안을 받아들인 모양이었다.

하고 싶지 않다는 의견 말고도 이랬으면 좋겠다는 의견도 나오면서 토론이 더욱 활성화되었다.

"응, 응, 괜찮네, 괜찮아."

의견을 반영시킨 칠판을 본 후시미는 만족스러워 보였다.

잠시 후 오늘 마지막 종이 울렸고, 방과 후가 되었다.

후시미가 옆에서 학급 일지를 정리하는 동안, 나는 노트에 칠판 내용을 베끼고 있었다.

"연극 중 대부분은 금지하게 되겠네, 저거."

후시미가 조용히 중얼거렸다.

"뭔가 문제 있어?"

아직 남아있던 토리고에가 내 앞자리에 앉았다.

"문제는 없지만, 저러면 연극 자체를 금지하는 것 같아서 의견의 폭이 좁아진다고 해야 하나……."

"남녀 콤비가 주연이 아닌 연극도 있지 않아?"

"으으으."

말싸움은 토리고에가 더 잘하는 모양이다.

"오늘 반대 의견이 전부 나온 거면 그걸 제안해서 확실하게 통과시킬 수 있겠어."

곧바로 표정이 바뀐 후시미가 으흐흐, 웃었다.

무슨 꿍꿍이가 있는 건지.

"그 음모, 저지할 거야."

토리고에는 그렇게 말하며 정면으로 맞부딪힐 생각인 모양이었다.

두 사람은 사이가 좋은 건지 나쁜 건지, 전혀 알 수가 없었다.

⑱ '좋아한다'는 마음을 모르겠다 세 번째

"이걸로 공부해."

시노하라는 종이 가방에 잔뜩 들어있던 순정만화를 내게 주고는 곧바로 돌아가 버렸다.

그렇게 읽어보고 싶지는 않았지만 참고 정도는 되겠지, 라는 생각에 빌리기로 한 건데.

"많네……."

몇십 권은 되겠다.

"오빠야, 손님 왔어?"

"아, 시노하라가 방금 와서 추천하는 순정만화를 빌려줬어."

"호오."

평일 밤인데도 일부러 여기까지 가져다준 건 솔직하게 고맙다.

"오빠야하고 두목님은 어떤 관계야?"

"어떤 관계냐니……."

사흘 동안 사귀었던 전 여자친구라고 하기는 껄끄럽다.

"중학교 2학년 때, 같은 반이었어. 원래 토리고에하고 사이좋게 지내서 말이지."

흐음, 하고 마나가 콧소리를 냈다.

무거운 종이 가방을 들고 계단을 올라갔다. 마나도 나를 따라왔다.

"왜."

"어떤 건지 신경 쓰여."

아, 그래. 나는 그렇게 말하며 아랑곳하지 않고 방으로 들어
갔다.

꼼꼼하게 시리즈별로 정리해두었기에 고르기가 편했다.

종이 가방에 들어있던 만화는 네 시리즈. 전부 합쳐서 46권. 무
거울 만도 하다.

침대에 앉자 마나가 옆으로 다가왔다.

"전부 다 완결된 것들이네."

마나가 제목을 보고 조용히 중얼거렸다.

서브컬처 계열은 거의 모를 줄 알았는데, 마나도 알고 있을 정
도로 유명한 작품인 모양이었다.

"그럼 일단 적당히, 이거부터."

내가 한 권을 들자 마나도 옆에서 들여다보았다.

"보기 불편하잖아."

"괜찮아, 괜찮아. 나도 신경 쓰인다니까."

마나는 내게 딱 달라붙어서 손 근처를 바라보았다.

나중에 빌려준다고 해도 그만두지 않고, '다음 페이지, 얼른'이
라고 재촉했다.

"어쩔 수 없지."

나는 그렇게 말하며 감수하기로 하고 페이지를 넘겼다.

"……수수한 소녀가 같은 반 훈남하고 만나서~, 라는 왕도 오
브 왕도구나."

"그런 거야?"

"그런 거야, 그런 거야. 후후후. 오빠야 같네."

"어디가."

"남자하고 여자를 뒤바꾸면 맞잖아."

나랑 후시미 말인가? 원래 사이좋게 지낸 관계니까 이거하고
는 좀 다르지.

평소에 소년만화만 읽어서 그런지 익숙해지는 데 시간이 조금
걸렸다.

"후우……, 가슴이 쿵쿵거리네."

달달한 전개에 마나가 숨막혀 하고 있었다.

쿵쿵?

"마나는 '좋아한다'는 마음이 자기보다 상대방을 소중히 여기는
거라고 했었지?"

"응~? 그게 왜애?"

"그럼 어느 정도 알고 있는 사이여야만 하는 거 아니야?"

이 순정만화에서는 1권이 끝나기도 전에 주인공이 남자 주인공
에게 사랑에 빠졌다. 시간으로 따지면 한 달도 지나지 않았다.

얼굴인가? 역시 얼굴인 건가? 얼굴이 잘생기면 시간을 초월하
는 건가?

"음~, 그럴지도 모르겠네. 내 마음속에 있는 '좋아한다'라는 감
정은 오빠야에 대한 마음뿐이니까, 지금은 끄집어낼 수 있는 게
그것밖에 없단 말이지."

마나는 입술을 삐죽대며 생각에 잠긴 듯한 표정을 지었다.

마나가 한 말대로 따지면 나는 아직 끄집어낼 게 없는 건가?

"그럼 첫사랑이 아직이라는 뜻이야?"

"후후후. 오빠야가 첫사랑이야♡"

마나는 그렇게 말하며 슬쩍, 내 팔에 팔짱을 꼈다.

귀여운 녀석.

갸루인 주제에, 남자를 사귄 적도 없구나.

"저번부터 비슷한 걸 물어보는데, 오빠야는 누군가를 좋아하게 되고 싶어?"

──────좋아하게 되고 싶다──────.

생각지도 못한 각도로 들어온 질문이었다.

어떻게 대답해야 할지 몰라서 뜸을 들이는 듯이 페이지를 넘겼다.

"그 사람이 히나야? 아니면 토리?"

"모르겠어."

둘 중 누구를 고를 것인가라는 문제가 아니라, 고르는 기준 자체가 짐작도 가지 않거든.

"그럼, 그럼, 나는 좋아해? 싫어?"

"굳이 말하자면 좋아하지."

"앗싸."

밥도 맛있게 해주고, 이것저것 돌봐주기도 하고, 진지한 이야기를 하면 진지하게 대답해주고.

"그럼 히나는? 토리는? 두목님은? ……오빠야는 싫으면 애초에 같이 놀지도 않는 타입이잖아? 그렇다면 다들 어느 정도는 좋아하는 사람인 거야."

"그럴지도 모르지."

"그런데 그렇게 좋아하는 게 라이크라는 의미라고 해도 다들 똑같은 건 아니잖아? 형태가 다르다고 해야 하나, 질이 다르다고 해야 하나."

마나는 '뭐라고 하면 될까~?'라며 이것저것 따져가며 설명해주었다.

"오빠야가 '어떻게 생각하고 싶은가'가 중요할 거야, 분명히. 좋아하는 마음이 러브가 아니라 해도."

내가 어떻게 생각하고 싶은가, 라니⋯⋯.

그런 식으로 생각해본 적은 없었네.

"지금 말한 사람들 중에 제일 좋아하는 사람은 누구야?"

마나가 눈을 반짝이며 물었다.

"그걸 아직 모르니까 곤란한 거잖아."

"정말! 방금 같은 경우에는 훈남 보이스로 '네가 제일 좋아, 마나'라고 해야지! 눈치가 없다니까. 턱을 슥, 들어 올린 다음에 눈을 빤히 보면서!"

"주문이 많네."

"오빠야는 자기 마음에도 둔감한 건지도 모르겠네?"

착하다, 착해. 왠지 모르겠지만 마나가 그렇게 말하며 내 머리를 쓰다듬었다.

"이렇게 만화처럼, 교과서 같은 방식으로 연애를 시작하는 사람은 아마 어디를 찾아봐도 없을 거야."

만화로 공부하라고 한 시노하라를 완전히 부정해버렸다.

"여동생이 오빠를 사랑한다든가, 현실에는 그렇게 특이한 경우가 있잖아?"

"응?"

"후후후. 만화에서도 가끔 있긴 한데 말이지."

……아까 말했었지.

그것밖에 끄집어낼 게 없다고. '어떻게 생각하고 싶은가'가 중요하다고.

일반인의 기준으로는 마나의 그 마음은 사랑이 아닐지도 모르겠지만, 마나의 기준으로는 그것이 충분히 '사랑한다'가 되는 모양이다.

"심오하네. 갸루 주제에."

"오빠야보다 머리가 좋거든. 아니, 갸루인 건 상관없잖아."

마나는 이히히, 쑥스러워하며 웃었다.

딱 달라붙은 채 만화를 보다가 마나가 일어섰다.

"정말, 다른 사람 앞에서는 못 보겠는데~."

마나가 실룩거리는 얼굴을 손으로 가리고 방을 나간 다음, 문 너머로 목소리가 들렸다.

"혼자서 읽을 테니까 나중에 빌려줘~!"

"알았어."

주인공이 남자 주인공의 대사나 행동에 두근거리는 장면이 많았다. 이게 마나의 얼굴을 실룩거리게 만든 모양이다.

이 주인공은 쿵이라든가, 두근이라든가, 안절부절이라든가, 답답이라든가, 남자 주인공을 생각할 때 나오는 의태어나 그 감정을 '좋아한다'라고 인정하고 거기에 '사랑'이라는 이름표를 붙인 모양이다.

마나가 말한 대로 나는 자신의 마음에도 둔감한 것 같다.

이런 의태어는 내 마음속에도 몇 번 생긴 적이 있었다.

⑲ 별명이 있었으면 좋겠다

아침 홈룸이 끝나고 와카가 나가자 후시미가 마침 생각났다는 듯이 말했다.

"아, 오늘 방과 후가 진로 희망 조사 마감이니까 아직 안 낸 사람은 그때까지 학급 임원 중 한 명에게 내주세요~."

그리고 보니 오늘이었구나.

담임 선생님이 말을 하지 않은 걸 보니 아마 마감이 오늘이라는 걸 잊어버린 모양이다.

그건 그렇고 용케 기억하고 있었네, 후시미.

"반장님~, 여기."

웅성거리는 교실 안에서 여자 테니스부인 혼마가 조사서를 책상 위에 올려놓았다.

"보지 마."

"그런 말을 하면 보고 싶어지잖아?"

"딱히 대단한 건 안 썼으니까 상관없긴 한데."

그녀는 이힛, 하고 웃고는 치마를 휘날리며 사이좋게 지내는 친구들에게 다가갔다.

상관없다고 했으니 봐도 되는 거겠지?

남자는 모두 후시미에게 제출했고, 여자 중 절반 정도도 마찬가지였다.

그래서 나는 다른 사람이 어떤 진로를 선택했는지 전혀 알지 못했다.

"……."

엎어두었던 프린트를 뒤집어서 보았다.

『미용사 전문학교.』

여자애답게 동글동글한 글씨로 그렇게 적혀 있었다.

혼마는 미용사가 되고 싶은 건가?

제2희망과 제3희망은 공란이었다.

"료 군은 쓸 수 있겠어?"

툭툭, 후시미가 모은 진로 조사표를 가지런히 정리했다.

그 프린트는 백지인 채 그대로 서랍 안에서 잠들어 있었다.

끄집어내도 이렇다 할 게 생각나지 않아서 소중히 넣어두다 보니, 서랍 안쪽에서 구겨져 버렸다.

"앞날 같은 건 전혀 상상이 안 되는데."

"일단 쓰기만 해도 돼. 쓸데없는 부분에서 성실하네."

쿡쿡, 후시미가 웃었다.

성실함의 화신인 후시미가 그렇게 말해주니 마음이 조금은 편해졌다.

토리고에가 프린트를 가지고 왔다.

"여기."

"그래."

토리고에가 자리로 돌아가는 모습을 보고는 몰래 진로 조사표를 보았다.

『공립 대학교. 문학부. 가능하면 현 내에 있는 곳.』

문과 공립으로 간다고 언젠가 말했었는데, 문학부 지망이었구나.

"……."

이제 와서 생각하는 건데, 대학에는 학과라는 것도 있단 말이지.

문과 전반이라든가, 그렇게 대충 묶어놓은 개념은 없으니까 문과에서 무엇을 공부할 건지도 정해야만 한다.

"아니……, 근데 나는 이과도 아니니까 뭐."

"료 군."

후시미가 윗몸을 이쪽으로 쭉 내밀었다.

"으아, 깜짝 놀랐네. 가, 갑자기 뭐야."

"생각해봤는데, 료 군은 언제까지 나를 후시미라고 부를 생각이야?"

"언제까지? ……후시미가 후시미인 한 쭉."

"그게 아니라!"

"스테이~, 스테이~. 후시미, 왜 그래, 큰 소리를 내고. 다들 보고 있거든~?"

교실 전체의 주목을 받고 있다는 사실을 눈치챈 후시미는 살짝 헛기침을 하고는 목소리를 낮췄다.

"초등학교 때는 히나야라고 불렀는데, 중학교에 입학하고 나서 갑자기 바꿨지? 성으로 부르는 걸로. 그때는 쓸쓸했거든."

"……좀 창피해졌거든. 여자애를 그렇게 부르는 게."

"그래서 '후시미이'라고 점잖은 척하게 된 거야?"

방금 그거, 내 흉내를 낸 건가? 약간 악의가 있는 것 같은데.

"그런 거 아니라고."

가끔 독설을 내뱉는다니까, 이 녀석.

"료 군, 알겠어? 후시미는 지명을 일컫는 단어이기도 해요."

"성이기도 하지만 말이지."

"툭하면 말꼬리 잡고!"

"그러고 보니까, 학교 축제 참가 항목으로 뭔가 생각해둔 게 있는 거지?"

"그건 말이지~. 으흐흐. ……아니, 말 돌리지 마."

들켰나.

"히나야가 부끄러우면 그냥 히나라고 불러도 되거든?"

"아니, 그래도 말이지."

"아, 그럼 별명. 시노하라 양이 타카료라고 부르는 것처럼."

"후시히나──, 이건 부르기가 힘드네."

생각해보니 후시미에게 별명이 붙은 적이 없었다.

성이나 이름 중 하나로 부를 뿐이다.

"히이나 같은 건 어때?"

자기가 제안하기 시작했다.

"혹시 서로 별명으로 부르는 사이를 동경하는 거야?"

"뜨끔."

"입으로 정곡을 찔렸다고 표현하는 녀석이 진짜로 있었네."

"아니……. 사람들이 계속 히나야, 나 후시미 양이라고만 부르니까……."

별명이 생기기 쉬운 타입과 그렇지 않은 타입이 있다.

후시미는 분명히 후자다.

어째서 그런 건지 구체적인 이유는 모르겠지만, 별명을 붙여주기 힘든 캐릭터라는 건 왠지 알 것 같았다.

"그럼, 공주님."

"그건 싫어. 너무 띄워주니까 오히려 험담처럼 들리거든."

본인은 그렇게 싫어하지만, 잘 들어맞는 것 같은데 말이지.

고민하던 끝에 나는 토리고에를 소환하기로 했다.

"토리고에~? 후시미가 별명이 있었으면 좋겠대."

"그런 건 억지로 붙이면 정착이 안 될 것 같은데?"

내가 부르자 그녀가 옆으로 다가왔다.

"이런 걸 잘하는 마나가 여전히 히나라고 부를 정도니까 그냥 그거라도 상관없지 않아?"

"역시 잘하는구나."

토리고에가 이해가 된다는 듯이 중얼거렸다.

"'토리는 부르기 힘드니까 시즈라고 부를게~?'라고 메시지가 왔었어."

──시즈? ……아, 시즈카라서 그런가?

토리고에를 힐끔 보니 분명히 '시즈' 같은 느낌이 강했다. 이름에 시즈가 들어가지 않았더라도 토리고에는 '시즈'라는 느낌이 딱 어울렸을 거다.

"그 녀석, 재주도 좋네."

"여동생은 후시미 양을 그렇게 부르는데 익숙해졌으니까 일부러 바꿀 생각도 없지 않을까?"

"누가⋯⋯, 나를 '히이나'라고 불러줘⋯⋯. 중학교 때부터 계속 아껴왔던 이 이름⋯⋯."

책상에 엎드린 후시미가 녹아내릴 것 같은 상태가 되었다.

토리고에가 웃었다.

"지하 아이돌 같네, 그거."

토리고에는 몇 년 동안 아껴왔던 별명을 공격하러 나섰다.

"나라도 상관없으면 불러줄게."

"토리고에 양."

후시미는 벌떡 일어나 토리고에와 힘차게 악수를 했다.

"히이나."

"네."

응, 하며 고개를 끄덕이는 토리고에도 왠지 기쁜 것 같았다.

⑳ 주인공력과 열등감

"그래서, 료 군, 어떻게 할 거야?"

점심시간, 신기하게도 물리실에 온 후시미는 내 맞은편에 앉아서 물었다.

"참고로 물어보는 건데, 후시미는 뭐라고 적었어?"

"나는⋯⋯."

부스럭부스럭, 그녀가 가방을 뒤져서 자기 프린트를 꺼냈다.

『여배우』, 『여배우』, 『여배우』

제1희망부터 제3희망까지 그것뿐이었다.

후시미를 보니 가슴을 펴고 하고 싶은 것을 당당하게 말할 수 있는 건 정말 대단한 거라는 생각이 들었다.

"타카모리 군은 뭐라고 적었어?"

토리고에가 옆으로 다가왔다.

평소에는 떨어져서 앉는데, 오늘은 왜.

"나는 아직 백지야."

"그래."

"오늘까지거든? 와카가 조잘조잘 잔소리를 할 거란 말이야."

나도 안다니까. 그렇게 말하며 시끄럽다는 듯이 손을 저었다.

"확실하게 정한 녀석들은 좋겠네."

"⋯⋯⋯⋯그런, 가?"

묘한 침묵과 딱딱한 미소가 마음에 약간 걸렸다.

"히이나, 타카모리 군에게 이것저것 밀어붙이지 마. 각자 페이스가 있으니까."

"밀어붙인 적 없어. 애초에 기간을 미리 알려줬으니까 다들 시간은 평등하잖아."

"오늘은 왜 물리실에 왔어? 같이 다니는 사람들은?"

"완전히 따돌렸으니까 괜찮아."

따돌리고 온 거야? 또 찾으러 오지 않으면 좋겠는데.

"토리고에 양도 평소에는 떨어져 앉으면서 오늘은 왜 그래?"

"딱히 이유는 없어. 혼자 따로 떨어져 있는 것도 이상하다는 생각이 들었을 뿐이야."

두 사람이 말을 주고받을 때마다 말투에 열기가 담기고, 그에 비례해서 분위기가 무거워져 가는 것 같은데, 내 착각인가?

"뭐, 그런 건 됐고, 밥이나 먹자고."

두 사람이 동시에 한숨을 쉬었다.

뭐야, 내가 뭔가 했어?

각자 도시락을 먹기 시작하자 이야기가 끊어진 타이밍에 토리고에가 스마트폰을 보기 편하게끔 책상 위에 올려놓았다.

"저번에 그거, 후시미 계정을 만들어서 올려봤어."

"저번에 그거라면, 설마 그거? 침대 위에서 인터뷰한 거?"

"맞아."

후시미는 그렇구나~ 하고 느긋하게 말하는데, 야동하고 연출이 똑같으니까 말야…….

토리고에가 부탁해서 일단 동영상을 편집하긴 했지만, 진짜로 그걸 올릴 줄은 몰랐다.

"좋아요를 꽤 많이 받았네."

슥슥, 화면에 손을 대고 스크롤해보니 댓글과 좋아요의 숫자를 볼 수 있었다.

"300개 정도 되는데?! 팔로워도 벌써 200명 정도 있고."

"어? 뭔데? 뭔데? 그게 대단한 거야?"

순수한 표정으로 나와 토리고에를 번갈아 가며 보는 후시미.

"계정을 만든 직후에 이 숫자면 대단한 것 같아."

댓글란에는 남자가 많았다.

풀네임을 확실하게 말했기에 그 부분은 편집했으니 이름을 들키진 않을 것이다.

아, 역시, '이거 야동인가?'라는 댓글이 있었다.

"이름 부분이 전부 편집되었는데?"

"그러는 게 낫지."

그래? 하고 후시미가 눈짓으로 내게도 물어보았기에 고개를 끄덕였다.

"이런 건 어디 사는 누군지는 모르는 게 나아. 후시미 히나라는 게 퍼져서 집에 모르는 남자가 오면 무섭겠지?"

"흐엑……."

상상한 건지, 후시미의 얼굴이 새파랗게 질렸다.

"그런데 그렇게 한가한 사람이 있어?"

"히이나, 그러고도 현대인이야?"

"인터넷 사회를 잘 모를 것 같긴 했는데, 이 정도일 줄이야."

"어어어……, 그렇게 일반 상식 수준이야?"

나와 토리고에는 동시에 고개를 끄덕였다.

"히이나는 요리든 인터넷 지식이든 할머니 수준이네."

토리고에의 평가가 신랄했다.

"후시미, 중학교 때도……."

"중학교 때? 무슨 일이 있었어?"

아, 직접적으로는 모르는구나.

후시미가 모르는 사이에 스토커 소동 같은 게 벌어졌었다.

하지만 그때는 후시미를 좋아하는 무서운~ 선배들이 겁을 준 덕분에 피해가 거의 없었다.

"히이나, 인터넷은 무서운 곳이야."

"그렇구나."

무방비하고 위기의식이 없다는 점이 나는 매우 신경 쓰였다.

"모처럼 이야기가 나왔으니까 두 번째 영상도 찍어볼래?"

"나는 오케이~."

토리고에의 제안에 후시미가 찬성하자 두 사람이 눈짓으로 내게 물었다.

"응. 좋아. 하자."

딱히 바쁘지도 않았기에 반대할 이유가 없었다.

남은 점심시간이 그 두 번째 영상을 어떻게 할지, 회의를 하는 시간이 되었다.

"다음에는 저번에 이야기했던 걸 좀 더 구체적으로 해나가는 느낌으로……."

토리고에 P가 이것저것 아이디어를 내주었다.

나도 그렇고 후시미도 이렇다 할 희망사항이 없었기에 곧바로 받아들이게 되었다.

"기대되네. 이런 느낌이려나?"

"뭐가?"

"학교 축제———."

후시미가 앗, 하는 표정을 지으며 입을 다물었다.

"히이나, 학교 축제 때 하고 싶은 거라도 있어?"

"반대 의견을 빠져나갈 수 있고, 여러 사람들이 활약할 수 있는 거———, 그렇다면."

내가 저번 토론 때 나온 의견을 정리하자 토리고에가 조용히 말했다.

"독립 영화 같은 거?"

"뜨끔."

"정곡을 찔렸구나."

독립 영화…….

입 안에서 조용히 되뇌어 보았다.

"뭐, 응, 맞아. 해보고 싶어서."

그녀는 쑥스럽다는 듯이 도시락을 젓가락으로 찔러댔다.

"료 군이 감독이고, 토리고에 양은 각본. 어때?"

어떠냐고 해도 말이지.

토리고에도 비슷한 심정이었는지 우리는 비슷한 타이밍에 서로 얼굴을 마주 보았다.

"당연히 내가 주역을 연기할 거야."

확고한 의지와 패기가 느껴진다. 말투와 눈빛이 그랬다.

다른 여자애라면 이런 식으로 주역을 하고 싶다고 해도 적절한 배역인가? 또 하고 싶은 여자애는 없어? 그런 의견이 나올 것 같지만, 후시미가 주역을 하고 싶다고 하면 아마 아무도 반대하지 않을 것이다.

그만큼 후시미 히나라는 여자애의 외모는 차원이 다르기 때문이다.

중학교 때도 말도 안 되는 이유로 여자 선배들이 시비를 걸곤 했는데, 그 사람이 오히려 주위 사람들에게 질타를 받을 정도로 외모와 인기가 전혀 달랐다.

당연히 내가 주역을 연기할 거야———. 기분 좋을 정도로 강한 주장이다.

그게 자신의 영역이라는 걸 자각한 채, 다른 누구에게도 맡기고 싶지 않다고, 맡길 수 없다고 말하는 이기심이 느껴졌다.

후시미가 이렇게까지 자기 고집을 내세우려 하는 모습을 나는 본 적이 없었다.

이 제안을 다음 회의 때 말하면 분명히 다들 찬성할 것이다.

"주인공력도 차원이 다르다는 건가……."

잠시 후, 토리고에가 입을 열었다.

"그건 히이나의 제안에 불과하잖아? 다른 의견도 있을 것 같은데."

꽤 둘러말한 반대 의견이었다.

"그런가……."

그렇게 말하며 기세가 꺾인 후시미도 생각에 잠긴 듯이 약간 어두운 표정을 지었다.

"료 군이랑 토리고에 양도 분명 잘할 것 같은데."

"자기가 하고 싶은 일에 남을……, 타카모리 군을 끌어들이지 마."

"난 그럴 생각이 아니라……."

슬픈 표정을 지은 후시미를 보고는 토리고에도 껄끄러운 표정을 지었다.

"미안해……."

그녀는 먹던 도시락을 정리하고는 짐을 챙겨서 물리실에서 나가버렸다.

"야, 야, 토리고에———."

복도로 얼굴을 내밀자 철퍼더어어억! 넘어진 순간이었다.

이런…….

들고 있던 도시락도 복도에 다 쏟아져 버렸다.

이런, 이런, 나는 머리를 긁으면서 토리고에에게 다가간 다음 옆에 쭈그려 앉았다.

"괜찮아? 아픈 데 없어?"

"……고마워. 아프진 않아. 어차피 멘탈 나간 여자라고 생각하겠지."

"그렇지 않아. 그냥 후시미를 계속 물고 늘어진다고 생각했을 뿐이거든."

"나도 한두 가지 정도는 생각한 대로 이루어졌으면 좋겠는데."

"후시미는 파워가 차원이 다르니까."

"응."

아.

토리고에를 보고 있자니 그제야 깨달았다.

후시미는 연기에 푹 빠져 있고, 꿈을 가지고 있고, 최강의 주인공력을 지니고 있고———, 나는 그런 부분에서 주눅이 들었던 것이다.

내게는 아무것도 없으니까.

뭘 하려 해도 분명히 후시미처럼 잘 되진 않을 테니까.

후시미는 주위 사람들에게 열등감을 품게 만든다. 자신이 얼마나 뒤처지고 있는지———, 그 사실을 뼈저리게 느끼게끔 한다.

물론 그럴 생각은 없겠지만, 곁에 있다 보면 그만큼…….

코를 훌쩍이는 소리가 들렸고, 뚝뚝 떨어지는 눈물이 보였다.

나는 조용히 등을 쓸어주었다.

"나도……, 타카모리 군을 좀 더 알고 싶고, 좀 더 좋아하게 되고 싶은데, 아마 그럴 시간은 없겠지…….."

신기하게도 감정적인 토리고에의 울음소리가 가슴에 살짝 울렸다.

하지만 눈앞에서 그런 모습을 보이니 나는 어떤 표정을 지어야 할지 알 수가 없었다.

"괜찮아———?!"

후시미도 뒤늦게 나왔다. 손에는 빗자루 두 개와 쓰레받기 하나를 들고 있었다.

"미안. 기분 상했지?"

"아니. 신경 쓰지 마. 점심시간 끝나버리겠네. 얼른 청소하자."

복도를 간단히 청소한 다음, 청소도구함에 넣었다.

반대하거나 의견을 내면서 물고 늘어진 건 토리고에 나름대로 오기를 부린 건지도 모르겠다.

방과 후.

"토리고에 양."

학급 일지를 쓰고 있자니 후시미가 토리고에를 불러세웠다.

"아, 미안. 오늘은 도서위원 당번이라서."

토리고에는 그렇게 말하고는 교실에서 나가버렸다.

비틀비틀, 후시미가 힘없는 발걸음으로 돌아왔다. 어깨를 축 늘어뜨리고 있는 그 모습은 한참 얻어맞고 휴식 중인 복서 같았다.

"료 군, 어쩌지……, 토리고에 양한테, 미움을, 사버렸어……."

있는 힘껏 울상이라 당장에라도 엉엉 울 것만 같았다.

"당번일 뿐이잖아? 싫어하게 된 건 아닐 것 같은데."

지금 생각해보니 토리고에는 뭐라고 해야 하나, 대단한 것 같다.

친구는 친구. 연적은 연적. 그런 식으로 후시미를 대하는 방식을 바꾸고 있는 것 같았다.

"그런가아……."

시노하라에게라도 토리고에를 봐주면서 어떤 상태인지 확인해달라고 해야겠다.

"그냥 후시미 네 제안이 마음에 들지 않았을 뿐인 거 아닐까?"

"그런가아……."

의자 위에서 무릎을 끌어안고 있는 후시미가 점점 작아졌다.

"한 번 정도는 싸워도 괜찮지 않아? 싸움을 할 정도로 사이가 좋다고도 하잖아."

"시선으로 싸운 적은 자주 있었지만 말이지."

"어?"

그랬나?

하지만 나는 싸움을 할 수 있을 만한 상대도 없다.

굳이 말하자면 시노하라 정도인가?

툭 터놓고, 거리낌 없이 생각한 걸 있는 그대로 말할 수 있는 상대.

훌쩍, 후시미가 진짜로 울기 시작해버렸다. 이렇게 된 이상 무슨 말을 해도 안 통하니 나는 조용히 학급 일지에 수업 내용과 반의 모습을 슥슥 적어나갔다.

그러고 보니, 시노하라에게 빌린 순정만화에 비슷한 장면이 있었지.

친구랑 싸우고 나서 답답해하는 장면.

그 만화에서는 두 사람의 사소한 착각 때문이었지만, 후시미와 토리고에는 그런 느낌이 아니다. 애초에 싸운 거 맞나? 그런 생각이 드는 상황인 것 같다.

"이거 와카에게 제출하고 도서실에 들러볼래?"

"어쩌지……, 말을 걸어도 무시하면."

항상 밝은 후시미답지 않게 부정적인 말이었다.

"그때 가서 생각하면 되지."

"너무 무책임해애."

"무시당했을 때 어떻게 대처할지 지금 시뮬레이션을 돌려보지 그래?"

"슬픈 시뮬레이션……."

도서실에 들르는 것 자체는 오케이인 모양이다.

다 쓴 학급 일지와 가방을 들고 교무실로 갔다.

와카는 자리를 비웠는지 없어서 다행이었다. 우리는 모은 진로 희망 조사표를 정리해서 책상 위에 올려놓았다.

나는 아직 쓰지 못했다.

본인도 마감 날짜를 기억하고 있지 않았던 것 같으니 이번 주 안으로 내면 문제없겠지.

교무실에서 나와 도서실 쪽으로 걸어가는 동안, 후시미의 표정 이 점점 굳어지는 걸 알 수 있었다.

"식은땀이 나네……."

"의외로 저쪽도 껄끄러워진 걸 어떻게든 해결하고 싶다고 생각 할지도 몰라."

"그럼 좋겠는데……."

그녀는 눈을 꼬옥 감고, 스읍, 하아~, 그렇게 심호흡을 몇 번 했다.

"······."

교실에서는 보여주지 않는 그런 모습에 귀엽다는 생각이 들어 버렸다.

머리를 살짝 쓰다듬어주었다. 그녀가 고개를 돌려 이쪽을 올려 다보았다.

"아, 미안. 멋대로 머리를 만져서."

"아니야. 왠지 신기해서."

에헤헤, 하며 그녀의 표정이 느슨해졌다.

내가 손을 떼어내서 주머니에 넣자, 후시미는 아쉽다는 듯이 그 손을 바라보고 있었다.

"분명히 괜찮을 거야."

문을 열고 안으로 들어가자, 카운터에 있던 토리고에는 손 근 처에 펼쳐둔 책을 조용히 읽고 있었다.

꽤 집중하고 있는 것 같아서 나와 후시미가 왔다는 걸 눈치채 지 못했다.

중간고사가 끝나서 그런지 실내에는 우리 말고 아무도 없는 것 같았다.

"한가해 보이네."

"······아, 타카모리 군."

"그리고 후시미도."

나는 뒤쪽을 엄지손가락으로 가리켰다.

"어? 히이나도?"

안 보일 리가 없을 텐데. 그렇게 생각하면서 뒤를 돌아보니 아무도 없었다.

……어디 간 거야, 그 녀석. 좀 전까지는 뒤에 있었는데.

"……."

슬쩍 열린 문으로 후시미가 고개를 내밀었다.

"뭐 하고 있어, 이리 와."

샤샤샥, 그녀가 이쪽으로 와서 내 뒤에 숨었다.

여기까지 와서 왜 그렇게 겁을 먹은 거야.

"왜 그래?"

"아니, 후시미가……, 토리고에한테 미움을 샀다고 좀 전까지 교실에서 진짜로 울었거든."

토리고에가 후후, 하고 조용히 웃었다.

"어째서?"

"아니……, 쌀쌀맞았으니까……."

"토리고에는 보통 쌀쌀맞다고."

"이상한 오해하지 마. 그냥 리액션이 약한 것뿐이니까."

그렇다네. 나는 아직 뒤에 숨어 있던 후시미에게 그렇게 말했다.

머뭇거리고 있었기에 토리고에 앞으로 후시미를 밀어냈다.

"토리고에는 후시미가 싫어서 의견을 반대한 게 아니지?"

"응. 반대라고 할 정도로 반대하는 것도 아니야."

자기 의견을 부정당했다고 생각하니 거절하는 거라고 느껴버리는 심정도 이해가 안 되는 건 아니지만, 토리고에는 그런 녀석이 아니다.

"토리고에 양……, 저기……. 그 제안은 다 같이 즐겁게 만들 수 있으면 좋겠다고 생각해서…….”

“그거――.”

“어?”

“나는 히이나라고 부르기로 했으니까 히이나도 내 호칭을 바꿔
줬으면 좋겠어.”

“뭐라고 불러야 하는데…….”

“미이가 나를 부르는 것처럼 시이도 좋고, 여동생처럼 시즈라
고 불러도 돼.”

“그럼, 시이……로.”

후시미가 조심조심 그렇게 말하자 토리고에가 고개를 끄덕였다.

“응.”

안절부절못하던 후시미의 표정도 서서히 원래대로 돌아가고
있었다.

토리고에의 손 근처를 힐끔 보니 읽고 있던 책을 덮어둔 상태
였다. 그 제목을 보니 미소가 번졌다.

“토리고에, 이러쿵저러쿵 따져도 의욕은 있나 보네…….”

‘초보도 이해할 수 있는 각본술’이라는 제목이었다.

“앗…….”

그녀는 재빨리 그 책을 뒤로 숨겼다.

“……이건, 그냥……, 우연히 반납받은 책이고…….”

토리고에가 부끄러워하며 말꼬리를 흐렸다.

“아, 아직 히이나의 의견이 통과된 것도 아니니까…….”

“나는 토리고에가 해도 괜찮을 것 같은데. 그 의견이 통과된다

면 말이지만. 소설도 잔뜩 읽었고, 다른 사람이 하고 싶다고 하면 협력해도 되는 거니까."

끄덕끄덕끄덕, 후시미가 고개를 세차게 끄덕이고 있었다.

"그럼……, 상관없고……."

"잘 부탁해. 아직 확실하게 정해진 건 아니지만."

두 사람이 힘차게 악수했다.

이걸로 한 건 해결됐네.

"료 군은 어떻게 할 거야냥~?"

집에서 제일 가까운 역에서 걸어가던 도중에 묘하게 신이 난 후시미가 장난기 어린 표정으로 나를 들여다보았다.

"뭐가? 진로?"

"그거 말고. ……알면서도 둘러대는 건 바람직하지 못하거든?"

토리고에는 독립 영화의 각본을 맡아도 된다는 결단을 내렸다.

그렇게 된 이상, 두 사람이 내 판단을 주목하게 된다.

"감독이라고 해도……, 뭘 하면 될지……."

"그건 말이지. 다 같이 도와줄 테니까."

"좀 더 적합한 사람이 내 눈앞에 있는데 말이야."

"어? 나?"

"응. 영화도 많이 봤고, 이런 식으로 찍어줬으면 하는 부분이 있지 않아?"

감독 겸 주연.

야구라면 에이스이면서 4번 타자 같은 핵심 멤버다.

"내가 아니라도 우리 반에 더 적합한 녀석이 있을지도 모르잖아?"

"없어."

그녀는 딱 잘라 말했다.

어째서.

"왜냐하면, 료 군이 찍어줬으면 하거든염."

"하거든염은 무슨⋯⋯."

어린애도 아니고.

"테마에 따라 다르긴 하겠지만, 제대로 하고 싶잖아. 적당히 벼락치기로 준비했습니다, 그런 식으로는 하고 싶지 않으니까."

그렇게 되면 여러모로 준비를 할 필요가 있다.

기재라든지, 소품이라든지, 촬영 장소라든지⋯⋯.

그래서 후시미는 내가 말했던 '모두에게 역할이 있는 것'을 이런 식으로 제안한 거다. 그건 나도 알고 있다.

"하지만 아직 정해진 것도 아니잖아."

"료 군도 알고 있잖아. 토론할 때 그 분위기. ⋯⋯뭔가 하고 싶다는 의견이 아무것도 없으니까 곤란한 거야. 반대 의견을 피할 수 있는 의견이니까 말만 하면 통과될 거야."

어느새 후시미네 집 근처에 도착해 있었다.

"생각해 봐! 아니, 각오를 다질 준비를 해둬."

히히히, 후시미는 그렇게 웃었다. 그리고 다음에 보자고 말하고는 손을 흔들며 집 안으로 들어갔다.

중간고사 답안지가 돌아오기 시작했고, 내 점수는 생각보다 괜찮은 결과가 나왔다.

"역시 료 군은 하면 되는 아이야."

나보다 오히려 후시미가 더 기뻐하는 것 같았다.

걱정하던 영어 낙제도 회피.

"잘했다. 보충학습을 피한 거, 축하해."

48점 맞은 답안지를 돌려줄 때, 와카가 그렇게 말했다.

"앞으로도 이런 식으로 정진하도록."

"넵."

깜빡한 건지, 나중에 말할 생각인 건지, 진로 희망 조사표 이야기는 전혀 하지 않았다.

그리고 그날 마지막 수업은 롱 홈룸.

저번에 상황을 보고했을 때, 와카가 '뭐, 쉽사리 정하긴 힘들겠지'라고 머리를 벅벅 긁으며 말했었다.

'다음 롱 홈룸도 똑같은 내용으로 할 거야. 학급 임원, 사회 잘 부탁해.'

그렇게 말했기 때문인지 시간이 되었는데도 와카는 교실에 오지 않았다.

"선생님께서 미리 말씀하셔서 이번에도 학교 축제에 대해 정하도록 하겠습니다."

같이 칠판 앞으로 나간 후시미가 입을 열자마자 말했다.

나는 저번에 나왔던 반대 의견―――, 이건 하고 싶지 않다, 싫다는 주장을 칠판에 항목별로 적어나갔다.

"그럼 이걸 하고 싶다는 의견이 있는 사람은 말해주세요~."

예상했던 대로 다들 '하고 싶은 것'은 없는 모양이었다.

하고 싶지 않은 것은 잔뜩 있는데.

어흠, 후시미가 능청스럽게 헛기침을 했다.

"그럼 내가 제안해도 될까?"

후시미가 그렇게 말하자 교실 전체가 후시미의 말을 기다렸다.

"독립 영화를 만들어볼까요? 영화를 만들고 싶지 않다는 의견은 없는데."

내가 돌아보고 확인했다.

"뭐, 보면 알겠지만, 그렇게 한정적인 부분만 반대하는 의견은 없어."

다들 한마디씩 하고 있었다.

"영화라."

"당일에는 상영만 하면 되니까 괜찮을지도 모르겠네."

"주역을 맡게 되면 어떻게 하지?"

"무슨 일이 있더라도 너는 안 될걸?"

조용하던 교실이 좋은 의미로 웅성거리기 시작했다. 대충 보니 호의적인 반응이 많았다.

후시미가 자기 자리로 돌아가서 서랍 속으로 손을 집어넣은 다음 프린트가 들어 있는 클리어 파일을 꺼냈다.

혹시 미리 만들었나?

이것저것 정리해서 알아보기 쉬운 무언가를.

"이거, 뒤로 넘겨줄래?"

그녀는 교실 전체에 프린트를 나누어주고, 마지막 한 장은 내게 주었다.

"료 군, 이거."

"아, 응."

거기에는 영화를 만드는 것의 장점, 단점이라고 적혀 있었다.

"여기에 나와 있는 것처럼 말이죠. 영화를 만들면 학교 축제 당일에는 몇 명만 당번을 맡을 뿐이고, 다른 사람들은 자유롭게 놀수가 있어요. 물론 당번은 교대로 하고. 남자친구, 여자친구하고다른 곳을 둘러보거나, 가게에서 뭔가 사 먹거나, 여러 가지에 시간을 쓸 수가 있죠."

반대로 단점은 준비 기간이 길다는 점이다.

하지만 거기에만 몰두해야 하는 시간이 오래 걸리는 게 아니라서 작업을 조금씩 해나가면 제때 맞출 수 있다.

"가장 큰 장점은———, 추억으로만 남는 게 아니라 데이터로도 남는다는 거죠."

교실에서 귀신의 집이나 카페를 한다고 해도 언젠가는 철거해서 원래대로 돌려놓아야만 한다.

그런 반면, 영화는 우리가 만든 것이 데이터로 계속 남게 된다.

교실 전체가 진지하게 후시미의 프레젠테이션을 듣고 있었다.

"남는 거니까, 다 같이 열심히 만들고 싶어."

그 열정에 사람들의 마음이 움직이고 있다는 걸 알 수 있었다.

그렇게 혼자서 몰래 프린트를 준비하고, 프레젠테이션을 하고, 반 친구 모두가 참가할 수 있게끔 신경을 쓰고 있다.

뒷면에 필요한 역할과 최소 인원수가 얼추 적혀 있었다. 반 인원수에 딱 맞게.

"어떨까?"

생각에 잠긴 듯한 침묵이 흐르는 가운데 후시미가 묻자 여자애들이 말을 꺼냈다.

"괜찮네. 히나가 말한 이거."

"한 번 정도는 일치단결이라는 걸 해봐도 좋을 것 같은데."

"좋네, 청춘 같아서."

"고등학교 2학년이야, 청춘 한복판이잖아."

"……청춘, 해볼까요."

파아아앗, 얼굴이 확 밝아진 후시미가 나를 돌아보았다.

그 표정을 보고 쓴웃음을 지으며 고개를 끄덕였다.

"어떤 영화를 만들 건데?"

어떤 남자애가 그렇게 말하자 저마다 이게 좋다, 저게 좋다, 후보가 나왔기에 항목별로 적어나갔다.

그래, 그래, 우주를 무대로 한 전기물 말이지———, 아니, 할 수 있을 리가 없잖아.

일단 칠판에 적긴 하겠지만.

"그러니까 말이지, 쓸 수 있는 예산은 5만엔 까지고……, 와카의 기분에 따라 사비로 3만엔 정도 지원해주는 모양이야."

예산이 정해져 있다고? 나는 전혀 몰랐는데.

와카는 중요한 걸 후시미에게만 말하는구나. 그 판단은 완전히 정답이다.

"와카가 3만엔이나 내준다고?"

"잠깐만, 잠깐만, 기분에 따라 줄 수도 있다는 거잖아, 선생님 기분에 따라."

와카가 남자답게(여자지만) 지원해줄 수도 있다는 말에 반 친구들이 들뜬 모습을 보이고 있었다.

"어떤 영화로 만들 것인가———라는 이야기 부분을 생각하고 싶은 사람 있나요? 기획이나 각본이라는 거. 토리고에 양이 해줄 것 같긴 한데———."

자기 이름이 갑자기 언급되자 토리고에가 움찔거리며 굳어 있었다.

"적당히 해도 되는 거면 몰라도 제대로 된 건 좀 힘들 것 같은데……."

"사일런트 뷰티 토리고에……, 항상 책을 읽고 있으니까."

실제로는 그렇게까지 사일런트하지 않지만, 이야기를 별로 해본 적이 없는 반 친구들의 평가는 그런 모양이었다.

영화의 각본하고 소설은 또 다르겠지만, 토리고에만큼 이야기를 많이 접한 사람은 우리 반에 없는 것 같았다.

애니메이션이나 만화, 영화를 어느 정도 봤다는 사람은 있었다. 그 정도라면 나도 마찬가지다.

하지만 만들게 되면 이야기가 달라지기 때문에 토리고에의 협력자는 좀처럼 나오지 않았다.

남자 중 한 명이 모두의 목소리를 대변하는 듯이 말했다.

"나는 SB 토리고에에게 맡기고 싶어."

생략하지 마, 생략하지 마.

"그럼 각본은 시이로 결정해도 될까?"

은근슬쩍 별명으로 불려서 토리고에가 목을 움츠리고 있다.

"시이?"

"토리고에 말인가?"

"사일런트라서 '쉬잇~'인가?"

"그렇군."

전혀 다른 해석 때문에 토리고에는 말없이 얼굴을 붉히게 되었다.

후시미가 료 군, 하고 부르자 나는 칠판 내용을 지우고 그 공간에 '각본 SB 토리고에'라고 적었다.

'사이드백……?', 축구부인 누군가가 작은 목소리로 그렇게 중얼거렸다.

"주역 말인데."

이 롱 홈룸이 시작된 이후 처음으로 내가 나서서 말했다.

"후시미가 괜찮을 것 같아."

앞을 보고 있던 소꿉친구가 뜻밖이라는 듯 이쪽을 돌아보았다.

왠지 본인이 나서서 입후보하는 건 좋지 않을 것 같았다.

"그래도 상관없긴 한데……."

여자 중 누군가가 그렇게 말했고, 망설이는 듯이 주위 친구들과 서로 마주 보았다.

"아니, 아직 뭘 할지도 안 정해졌는데 주역을 정해봤자 의미가 없지 않아?"

"예산이 한정적인 이상, 규모가 큰 건 못해. 의상비나 기타 비용을 고려하면 있는 그대로 고등학생을 주역으로 삼은 이야기가 현실적일 것 같거든."

내가 그렇게 말하자 그렇긴 하지, 라는 표정을 지은 녀석이 절반.

아직 납득 못 한 것 같은 녀석이 나머지 절반.

"그럼 다들 고등학생이니까 다른 사람이 해도 되잖아."

그런 의견이 나왔기에 나는 후시미에게 눈짓을 보냈다.

무슨 말을 하고 싶은 건지 이해한 듯이 후시미가 망설이며 얼굴을 찡그리다가 잠시 후에 고개를 끄덕였다.

그럼 사양하지 않고 말한다.

"후시미는 연기 공부를 하고 있어. 그쪽 계열에서는 우리 반에서 누구보다 잘할 거야."

어? 진짜로? 후시미 양, 여배우가 되는 거야? 대단하네~.

다들 제각각 말하며 웅성거리는 와중에 나는 그걸 가로막으려는 듯이 다시 말했다.

"그리고."

이게 제일 중요한 부분이다.

"후시미보다 더 손님을 잘 모을 수 있는 사람이 있어?"

"선전하면 나름대로 오지 않을까?"

"친구들하고 좀 신경 쓰이는 사람 정도는 와주겠지."

"그럼⋯⋯."

"교실에서 영화를 상영한다고 들었을 때, 손님이 드문드문하거나 아무도 없는 상황은 상상해본 적 없지?"

영화는 어지간히 마음에 드는 게 아니면 한 번만 봐도 충분하다. 게다가 아마추어가 만든 작품이다. 그냥 재미없을지도 모르니까.

"보면 알겠지만 후시미는 미소녀야."

"자, 잠깐만, 료 군."

후시미가 얼굴을 붉히며 당황하고 있었다.

"집객이라는 점에서도, 주역이라는 점에서도, 후시미보다 더 적합한 사람은 없을 것 같은데."

나는 후시미가 그렇게 진지할 거라고는 요만큼도 생각하지 못했다.

지금까지 계속 같은 반이었는데도 이렇게 적극적으로 이야기한 적은 한 번도 없었다.

그래서 나는 올해도 무난한 위치에서 학교 축제를 대충 넘길 거라 생각했다.

하지만 올해는 그렇지 않은 모양이었다.

그렇게 자신의 주장을 밀어붙일 줄은 상상도 못 했다.

그만큼 독립 영화와 주역을 하고 싶었던 거겠지.

그렇게까지 하고 싶다니 나도 도와주고 싶다.

이 녀석이라면 할 수 있을 테니까.

"모처럼 다 같이 만드는 영화니까 많은 사람들에게 보여주고 싶어."

결과적으로, 그게 결정타가 되었다.

반대 의견을 말하는 사람은 없어졌으니, 이제 본인의 마음을 말하기만 하면 된다.

"미소, 미소녀라니, 료 군도 참……, 정말."

후시미는 얼굴을 붉히며 다른 사람들 앞이라는 것도 잊고는 매우 부끄러워하고 있었다.

"언제까지 부끄러워하고 있을 건데. ……그래서, 할 거야? 주역."

"……하고 싶어."

내게만 말했기에 반 친구들이 앉아있는 쪽을 향해 턱으로 가리켰다.

난 그 마음을 알고 있으니까, 이쪽이 아니라 저쪽을 향해 말해야지.

"나……, 연기 공부를 좀 하고 있거든. 무대에서 연극도 한 번뿐이지만 해본 적이 있으니까 다른 사람들보다 아는 부분도 많을 것 같아. 그러니까 제가 하게 해주세요."

그녀가 고개를 살짝 숙이자 반 친구들이 박수를 쳤다.

"주역을 누가 맡을 거냐고 정하게 되면 또 싸울 것 같으니까."

"맞아, 맞아. 이것저것 정할 것도 많은데 그렇게 싸울 시간은 없지."

"남자들이 보기에는 이러쿵저러쿵해도 공주님밖에 없고."

후시미와 눈이 마주치자, 그녀가 방긋 웃었다.

"료 군, 고마워."

"아니. 후시미가 직접 나서서 말하면 망설이거나 반대하는 의견을 찍어누르는 모양새가 될 것 같아서. 내가 먼저 나서면 다른 사람들도 말하기 편할 것 같았거든."

안티로 돌아서면 팬들에게 욕을 먹게 된다. 다들 그 사실을 어렴풋이 알고 있을 테니 뭔가 생각한 게 있더라도 말하지 못하는 게 않을까 걱정이었다.

그때 종이 울렸고, 각자 자리에서 일어났다.

이번에 정해진 것들을 메모하고 있자니.

"료, 료 군은, 저, 정말로, 그렇게 생각해?"

"어? 뭐가."

"그러니까, 저기……."

머뭇머뭇, 그녀가 그렇게 말을 꺼내지 못하고 있다가 겨우 작은 목소리로 말했다.

"내가, 미소녀라고……."

"내가 어떻게 생각한 건지가 아니라, 객관적인 평가야, 그거."

"~~~~진짜!"

그녀가 찰싹, 내 어깨를 때렸다.

"그럴 때는……, 진짜, 왜……."

에휴우우우, 후시미가 매우 크게 한숨을 쉬었다.

"히이나, 잘됐네. 주역이 되어서."

"응, 고마워."

"그리고 교실에서 염장질은 안 했으면 좋겠어."

"염장질 같은 건 안 했다고."

나는 계속 노트만 보면서 부정했다.

"료 군이 나한테만 미소녀라고 해서 거슬렸어?"

응?

예상치 못한 후시미의 대답을 듣고 고개를 들어보니 그녀가 등에서 까만 오라를 내뿜으며 미소를 짓고 있었다.

"학급 임원이면 사회랑 진행을 제대로 하라는 말이야."

토리고에도 방긋 웃었다.

……이게 뭐야.

화약고 근처에서 불장난을 하는 것 같은 상황인데.

"남자애가 주인공인 이야기가 좋을 것 같았는데."

"딱히 상관없어. 나는 남자 역할도 제대로 해낼 거니까."

"……하긴, 고생은 안 하겠네. 그런 가슴이면."

토리고에 양, 토리고에 양, 도화선에 불을 붙이지 말아주실래요?

"그런 게 아니라. 연기를——— 연기자로서——— 제대로 하겠다는 뜻이야!"

잠깐만, 잠깐만.

"모처럼 이야기가 잘 끝났는데 싸우지 말라고."

""안 싸웠거든.""

왜 호흡이 딱딱 맞는 거야.

"아까 하던 이야기 말인데, 전체 분량은 어느 정도야?"

"한 시간 정도려나. 그래도 분명히 더 길어질 테니까 30분 정도로 잡자."

좀 전까지 불꽃을 튀기고 있었으면서 평범하게 이야기하네…….

여자는 이해가 잘 안 된다.

"오전, 오후, 저녁, 세 번 상영하고————."

어떤 영화를 만들지가 아니라 어떤 영화관을 만들지에 대해 토리고에와 후시미가 신나게 이야기하고 있었다.

뭐든 상관없지 않나? 내가 그렇게 한마디 하자 둘이서 말없이 무서운 표정을 지었기에 나는 계속 조용히 있었다. 현명한 판단이라고 할 수밖에 없다.

학급 일지를 교무실에 있던 와카에게 맡기고 학교 건물을 나선 뒤에도 두 사람의 이야기는 끊기지 않았다.

영화 이야기에서 그 원작을 읽어보았다는 이야기로 이어졌고, 이 소설을 영화로 만들면 분명히 재미있을 것이다, 라는 식으로 이야기가 점점 이어져서 멈출 기미를 보이지 않았다.

그동안 나는 따돌림 당하는 신세.

나도 영화나 소설에 대해 자세히 알아볼까…….

그런 생각이 들 정도로 소외감을 맛보았다.

"타카모리 군하고 독립 영화에 대해 이것저것 의논했으면 하니까 같이 집에 가고 싶어."

후시미가 두 손을 교차시켜서 가위표를 만들었다.

"안 돼요, 그럴 수 없어요."

온 힘을 다해 거부했다.

"이번 한 번이라면 괜찮잖아. 히이나만 치사해."

"잠깐 정도면 괜찮으려나~?"

"야, 내 생각은."

아니, 토리고에는 집에 가는 길이 전혀 다르잖아.

그 갈림길에 도착하자 토리고에는 순순히 돌아갔다.

왠지 약간 쓸쓸해 보였다.

개찰구를 지나 승강장에 들어온 전철을 탔다.

빈자리에 앉아 숨을 돌리자 후시미가 구두로 내 운동화를 툭툭 찔렀다.

"왜?"

"아무것도 아니야."

후시미는 후후, 하고 기분 좋다는 듯이 웃었다.

"료 군은……, 나를 좋아하는 거지?"

갑작스러운 말에 심장이 크게 뛰었다.

"왜?!"

"아니, 그런 말을 다른 사람들 앞에서 해버렸잖아, 분명 그럴 거야."

후시미는 자신만만한 눈빛으로 나를 들여다보고는 슬쩍 내 팔에 팔짱을 꼈다.

"분명 그럴 거라니까. 아니, 그런 말을 들으니 오히려 내가 더 좋아하게 되어버렸다고 해야 하나……."

…….

"그, 그러니까 그건 객관적인 평가고, 내 주관적인 평가하고는 별개라……."

"그럼 그 주관적인 평가라는 걸 말해달라고오."

불만이라는 듯이 입술을 삐죽대는 후시미. 단정한 얼굴과 애교 있는 몸짓에 시선을 빼앗겨버릴 것 같았던 나는 고개를 돌렸다.

"다, 다음에 말이지."

"후후. 부끄러워한다. 부끄러워한다."

부끄럽긴 무슨. 말은 그렇게 했지만, 아마 설득력은 별로 없었을 것 같다.

Illustrations copyright © Fly

㉒ 토로

역을 지나 집으로 가는 길에 들어섰다.

"학교 축제 이야기, 순조롭게 진행되는 것 같아서 다행이야."

"맞아. 그런데 중요한 역할이 아직 안 정해졌거든~?"

안 정해졌거든~? 후시미는 그렇게 거듭 말하면서 나를 들여다보았다.

"료 군 말고 적합한 사람이 또 누가 있어? 짐작 가는 사람 있어?"

"그건……. 그래도 물어보면 하겠다는 녀석이 있을 거야."

으음, 후시미는 그런 소리를 내며 끙끙대더니 결심한 듯이 말했다.

"사실 자백하자면, 나는 료 군이나 시이랑 같이 만들고 싶어. 다른 사람이 아니라. 료 군하고 같이 참가하는 첫 학교 축제니까."

"첫 축제는 아니잖아. 계속 같은 반이었는데."

"그렇긴 한데, 제대로 참가하지 않았잖아. 우리 둘 다."

뭐, 그렇긴 하지.

"그래도, 그거랑 내가 감독을 맡는 건 다른 문제잖아."

내가 계속 말하기 전에 후시미가 이어서 말했다.

"누가 하든 초보거든? 나도 약간 연습을 한 정도에 불과하고 거의 초보나 마찬가지니까. 시이의 각본도 그렇고. 다들 영화를 만드는 건 처음이거든?"

"잘할 수 있을지———."

"못해도 돼!"

후시미의 목소리는 조용해지기 시작한 주택가에 크게 울렸다.

"아무것도 안 하다가 료 군이 나중에 '할 걸 그랬다'면서 후회할 바에는———, 제대로 하지 못해도 돼!"

"무슨 소릴 하는 거야. 교실에서 했던 말이랑 모순되잖아."

……실패하고 싶진 않다.

왜냐하면 촌스러우니까.

깔끔하게 해내지 못하면 의미가 없다.

실수했을 때. 나처럼 친구가 거의 없는 녀석은 나중에 무슨 말을 듣게 될지 모르니까. 전범. 조리돌림. 험담. 그런 건 신경 안 쓴다고———, 그런 마음가짐으로 살아가고 있다고 생각했다. 하지만 싫은 건 싫고, 무서운 건 무섭다.

"다들 초보니까 뭐가 실수인지도 모르고, 불평할 사람은 아무도 없어. 인터넷에서 비평당하는 것도 아니고."

———아마 성공만으로 끝나진 않을 것이다. 내가 노력하지 않는 이유는 그걸로도 충분했다.

그래서 노력하는 게 무서웠다.

"무슨 소릴 하는 거야. 잠깐만 기다려 보라고. 좋은 걸 만들자고 했었잖아?"

"맞아. 료 군이 감독을 맡아서 이것저것 전체적으로 지휘하면 분명히 만들 수 있을 거야."

"후시미가 그걸 어떻게 아는데. 그 자신감은 대체 뭐냐고!"

"그걸 확신했어! 오늘 롱 홈룸 때!"

"후시미하고 나는 달라. 현실이라는 건 생각대로 되는 게 아니라고. 주인공력이라는 게 너무 다르단 말이야."

분명히 이 소꿉친구는 여배우가 될 것이다.

그에 걸맞은 외모에 그러기 위한 노력을 하고 있고, 의욕도 충분하다.

그리고 내가 모르는 여자애가 되어 간다━━━.

"……그 주인공력이라는 게 뭔데. 바보 같아. 료 군, 나를 그런 식으로 보고 있었구나?"

후시미가 뜻밖의 타이밍에 눈물을 글썽였다.

나는 이유를 상상해 보았지만 알 수가 없어서 입을 다물었다.

"료 군만은 나를 평범하게 대해줘. 다른 사람들처럼 멋대로 특별 취급하지 말라고."

"……미안."

뭐라도 말을 해야겠다고 생각한 결과, 사과가 입 밖으로 튀어나왔다.

"뭘 해야 할지 모르겠고, 진로가 확실하게 정해진 것도 아니야. 하지만 후시미는."

분명히 원하는 대로 여배우가.

"몰라! 나도!"

그녀의 날카로운 목소리를 듣고 나는 입을 다물었다.

"그렇게 될 수 있다는 걸 누가 알아! 연기를 공부하기 시작하며 꿈을 꾸는 초보일 뿐이야. 하지만 해보니 즐겁다는 마음은 진짜니까———!"

후시미가 느낀 그대로 말을 쏟아냈다.

"소리 내어 말해두지 않으면 나는 언젠가 도망칠 거야. 뭔가 변명거리를 대면서 분명히 도망칠 거야. 하지만 료 군만은 나를 그런 사람으로 보지 않았으면 했으니까, 그걸 말하려면 용기가 필요했어———."

그래서, 그때…….

『잠깐만 기다려! 조금만 기다려줘. 미안해.』

『저기……, 마음의 준비라든가, 그런 식으로 각오할 필요가 있으니까.』

"———나도 친구 관계 때문에 고민하거나, 장래 때문에 불안해하거나 고민하거나, 연애 때문에 답답해하기도 하는 평범한 여자애니까! 특별하다느니 주인공이라느니, 그런 거 그만해!"

휴우. 그렇게 하고 싶은 말을 한참 떠들어댄 후시미는 숨을 돌렸다.

모르는 여자애가 아니었다.

후시미는 아직 내가 알고 있던 후시미였다.

"후시미도, 고민을 하는구나."

"그래. 그리고……."

그녀가 으으으으, 하고 토라진 듯이 눈을 흘겼다.

"'여배우'라고 적은 진로 희망 조사표를 보여줬을 때 왜 '같은 대학교에 가는 거 아니었어?'라고 말해주지 않았던 거야!"

"네가 양립할 수 있다고……."

대학교에 다니면서 일을 하는 경우는 그렇게까지 드물지 않으니까.

꽈아아아악, 그녀가 내 볼을 꼬집었다.

"아야야야, 무슨 짓이야."

"논리적으로 따지자는 게 아니라, 마음이 문제라고!"

그게 무슨 소린데.

"'내 곁에 있어! 여배우 같은 건 그만둬!'라고 말해줬으면 하는 소녀의 마음."

"그런 말 안 해. 응원할 거야."

"으으으, 복잡한 기분인데, 그 말도 기뻐."

이득 보는 성격이네, 이 녀석.

"진로 같은 건 몰라도 돼. 하고 싶은 일 같은 건 몰라도 된다고. 내가 말했잖아. 료 군은 료 군이 되면 돼."

"그게 뭔지 잘 모르겠다니까……."

"한 가지 확실한 건, 료 군은 즐거워 보였어. 마나가 부탁해서 동영상을 편집하고 있을 때. 내 동영상을 찍을 때. 거울 안 봐서 몰랐지? 엄청 활기가 넘쳤다니까."

전혀 자각하지 못했다.

싫지 않아서 했던 건데, 그런 건가?

"료 군은 분명히 자기 마음에도 둔감한 거겠지."

Illustrations copyright © Fly

마나에게도 똑같은 말을 들었다.

"내가 료 군 옆에서 가르쳐줄게! 이게 '기쁘다'고, 이게 '즐겁다' 야, 그리고 이게 '사랑'이야, 라고———, 전부 가르쳐 줄게! 어지 간한 여자애들이랑 똑같이 보지 마!"

다른 애들처럼 평범하게 대해달라고 했으면서, 주장이 엉망진 창이라 무심코 웃음이 나왔다.

자신만만하고, 드세 보이는 미소.

이게 내 영역이라는, 누구에게도 양보하지 않겠다는 저 표정.

"괜찮아. 료 군에게는 내가 있어."

실패하는 게 싫고, 그래서 아무것도 하지 않고, 그래서 성공도 못 하고———.

나는 분명히 내가 그 무엇도 되지 못한다는 사실을 아는 게 두 려웠을 것이다.

"주인공력이라는 게 료 군하고는 다르다며? 그럼 그런 내가 원 하잖아. 모르겠어도, 하고 싶은 게 안 보이더라도 괜찮아. 나는 그런 료 군이기에 같이 나아가고 싶어. 같이 하자!"

왠지 눈물이 나왔다.

후시미가 내 머리를 감싸듯이 끌어안았다.

"오, 상황 보고?"

금요일 아침, 교무실로 가자 컴퓨터로 뭔가 입력하고 있던 와카가 손을 멈췄다.

"상황?"

"학교 축제. 어제 보고 안 했잖아?"

"아~. 그러고 보니."

어제 방과 후, 물어보지 않길래 말하는 걸 깜빡 잊었다.

"저기, 지금은 이런 느낌이에요."

회의록 용도로 쓰고 있는 노트를 보여주자 흐음, 흐음, 와카가 그것을 훑어보았다.

"괜찮네, 영화. 귀신의 집 같은 거랑 비교하면 예산도 별로 안 들 것 같고."

히히히, 그녀가 슬며시 웃었다.

"어떤 영화를 찍을지라든가, 아직 자세한 건 정하지 않았는데요……, 아니, 왜 그러세요."

흐으응, 담임 선생님이 그렇게 콧소리를 내며 나와 노트를 번갈아 가며 보고 있었다.

"감독, 열심히 해."

"……윽. ……뭐, 네."

감독은 뭘 하는데? 아니, 아직 저도 잘 모르는데요.

그런 이야기를 좀 나눈 다음, 와카가 약간 기쁜 듯이 나를 올려보았다.

"타카모리는 무기력한 계열 남자애인 줄 알았는데, 의외로 의욕이 있구나."

"해봐도 되려나 생각했을 뿐이에요."

"솔직하지 못하네에, 앗, 그거 츤데레라는 거야?"

당신에게는 영원히 데레를 보여주지 않을 테니 안심하라고.

"그러고 보니 이거요. 아직 안 내서."

나는 가방에서 프린트 한 장을 꺼냈다.

"맞아, 맞아, 그거. 진로. 말해야겠다고 생각했는데, 수고를 덜었네."

나는 진로 희망 조사표를 건넸다.

간단히, 한 마디만 적었다.

푸흐흡, 와카가 그걸 보고 웃었다.

"후후후. 아하하. 좋네. 청춘이야."

"그렇게 웃을 필요는 없잖아요."

"그래도 솔직해서 좋다."

이제 전부 다 냈구나~. 와카는 그렇게 말하며 명부에 체크를 했다.

"'모르겠습니다'라. ———아하하. 바보 같을 정도로 정직해. 학기 말에 있을 삼자대면 때 고생 좀 하겠어~."

"너무 웃으시는데요."

"미안, 미안."

고생하겠다고 하면서 왜 이렇게 즐거워하지? 이 사람.

"저희 어머니는 그런 부분에 관대하니까 아마 괜찮을 거예요."

그래애? 와카가 그렇게 말하며 눈을 동그랗게 떴다.

볼일을 마쳤기에 교무실에서 나가자 후시미가 기다리고 있었다.

"료 군, 결국 조사표에 뭐라고 적었어?"

"비밀."

"어~, 신경 쓰이는데."

복도를 나아가자 후시미가 나란히 걸었다.

내일은 영화 축제라고, 그녀는 기대하는 듯한 목소리로 말했다.

우리 집으로 DVD를 모조리 가지고 올 셈인 것 같다.

"한 번에 잔뜩 볼 수는 없는데."

"그럼 추천하는 것만이라도———."

"알았다니까."

나는 우선, 할 수 있는 범위 내에서 노력해보기로 했다.

㉓   기세를 제압하고 싶은 그녀들

점심시간, 물리실에서 밥을 먹고 있자니 어제 텔레비전으로 방송한 영화를 마침 다들 봤다고 했기에 자연스러운 흐름으로 그 이야기를 하게 되었다.

"항상 텔레비전에 나오던데, 난 제대로 본 게 이번이 처음이었어."

그냥 유명한 정도가 아니라 엄청 유명한 작품이다.

"나는 두 번째. 타카모리 군, 어땠어?"

"응. 뭐, 명작이라고 할 만큼 재미있더라."

"나도 마찬가지야. 두 번째인데도 내용을 잊어버린 부분이 있어서 재미있게 봤어."

그렇게 토리고에와 감상을 주고받고 있자니 후시미가 왠지 으스대는 표정으로 고개를 천천히 저었다.

"그 감독이 그 시기에 만든 그 작품은 뭐라고 해야 하나, 개성이 강했지. 요즘은 말이야, 엄청~ 대중 지향적인 것만 만들게 되었는데. 좋아하기는 하지만, 뭔가 아니다 싶기도 하고."

후시미는 납득이 안 된다는 듯이, 아쉽다는 듯이 살짝 한숨을 쉬었다.

"히이나가 미묘하게 짜증 나는데? 타카모리 군."

"그런 생각이 들었으면 가슴속에 묻어두라고. 나한테 떠넘기지 마."

조용히 말한 토리고에의 목소리를 듣지 못했는지, 후시미는 일반 시청자인 나와 토리고에를 상대로 기세를 제압하기 위해 바쁘게 말하고 있었다.

"료 군, 료 군, 그런 걸 재미있게 봤으면 좀 더 좋은 게 있으니까 다음에 DVD 가지고 갈게."

"나는 그렇게까지 심오한 영화를 보고 싶은 게 아니야. 일반인들에게 반응이 좋고 모두가 아는 영화면 된다니까? 유명한데 아직 안 본 작품을 볼 수 있으면 충분해."

"어~?"

매우 불만스러운 모양이었다.

"꼭 있지, 이런 사람."

토리고에가 곧바로 후시미를 찌르러 나섰다.

"옛날 것만 최고라고 생각하는 회고(懷古)주의자. 대중에게 영합하는 걸 일종의 악이라고 생각하고 비판하는 타입이었구나, 히이나는."

"그렇지 않아."

"방금 완전히 그랬잖아."

말이 오고 가자 나는 테니스를 보는 관중처럼 이리저리 눈을 움직였다.

"시이도 소설 가지고 비슷한 말을 했었거든?"

"내가?"

아니야, 아니야. 토리고에는 그렇게 말하며 어이가 없다는 듯이 손을 저었다.

"나는 회고주의가 아니라 온고지신일 뿐이지. 낡았지만 좋은 게 있다는 말을 했을 뿐이라니까."

"네, 네, 바로 그거~. 나도 그거니까."

"그런데 좀 전에 대중용 영화를 만들게 된 감독을 디스했잖아."

"그건 그 감독의 강한 개성을 좋아했었는데 왠지 그 성분이 연해져 버려서 아쉬울 뿐이야. 완전히 대중 지향적인 걸 싫어하는 게 아니고."

이렇게 토론을 할 수 있는 사람이 토리고에밖에 없는지, 후시미가 활기 넘치는 모습을 보이고 있다.

"그런 마음도 이해가 안 되는 건 아니지만━━━."

그건 토리고에도 마찬가지인 모양인지, 혀에 윤활유를 바른 것처럼 말을 잘했다.

"사이 좋구나, 너희 둘."

조용히 중얼거린 내 목소리도 들리지 않는 건지, 둘은 소설 베스트 5, 영화 베스트 5를 각각 말하기 시작했다.

"시이도 결국 옛날 것만 좋아하네. 문호의 명작 중심으로."

"히이나도 말이지. 흑백영화 걸작선 같은 라인업이야. 대체 어느 시대 사람인데?"

"으으."

"……."

볼을 부풀린 후시미와 눈을 휙 돌리는 토리고에.

사이가 좋은 건지 안 좋은 건지.

하지만 그 라인업에 없는 작품을 좋아한다고 말했던 걸 나는 기억하고 있다.

"후시미는 저번에 순정만화 원작으로 만들어서 가슴이 쿵쿵하는 연애 영화를 좋아한다고 했었지."

"움찔."

후시미가 어깨를 움츠리자 토리고에가 푸푸풉, 조용히 웃음소리를 냈다.

"그런 거, 바보 취급할 타입이면서."

"그리고 토리고에는 각종 미소녀를 모두 갖춘 하렘 러브코미디 라이트노벨을 좋아한다고 하지 않았던가?"

"……아니, 그건, 독서의 폭을 늘리기 위해서."

"어~? 시이, 의외네~?"

이번에는 푸푸풉, 후시미가 웃고 있다.

"그러니까 무승부야."

나는 그렇게 말하며 그 이야기를 끝냈다. 이대로 가다간 언젠가 싸울 것 같았으니까.

집에 와서 그 이야기를 마나에게 하자 흐응, 하는 콧소리를 냈다.

"그런데 말이야, 재미가 없는 게 문제잖아? 불평당해도 할 말 없고. 그럼, 재미있다면 뭐든 상관없지 않아?"

고개를 갸웃거리며 의아해하는 여동생.

마나, 오빠야는 이 토론에서 네가 우승한 것 같다.

(24) 성추행당할 뻔한 S급 미소녀

다들 생기가 없이 리얼한 로봇 같은 표정으로 잡고 있는 손잡이를 바라보거나, 창문에 붙어 있는 광고를 어쩔 수 없이 보고 있다.

이렇게 사람이 많이 탄 전철 안에서는 여러 사람에게 목소리가 들리기 때문에 후시미와 몰래 이야기를 할 수도 없었다.

정차역 안내 방송이 반복해서 흘러나오고, 토해내듯 사람들이 빠져나가자 교대하는 것처럼 다시 차 안이 사람들로 가득 찼다.

"끄으으……."

내 옆에 있던 후시미가 이상한 비명과 함께 인파 속으로 떠밀려가 버렸다. 뻗은 손만 보이다가 나중에는 사람들에 가려서 보이지 않게 되었다.

저 녀석, 괜찮으려나?

나와 만원 전철을 타게 되면서 이런 환경에도 조금 익숙해졌다고 하던데, 가끔 저런 식으로 행방불명될 때가 있었다.

후시미가 제안했던 자전거 통학을 덥고 추워서 싫다고 기각했지만, 이제 검토해보는 게 나을지도 모르겠다.

성추행을 당할 뻔한 적도 있었으니 따로 떨어지니까 조금 걱정된다.

후시미가 사라진 쪽을 별생각 없이 바라보자 근처에 낯선 교복을 입은 여자 고등학생이 있었다.

미처 못 봤는데, 좀 전에 탄 모양이다.

이 근처 학교 교복은 아니고, 이대로 타고 가도 이쪽 방향에는 우리 학교밖에 없다.

그 여자 고등학생 뒤에 50대 정도 회사원 같은 아저씨가 서 있으니 이상하게 경계를 하게 되었다.

손잡이를 잡고 있는 소녀의 새하얀 옆얼굴이 굳어졌다.

뒤에 있던 아저씨가 전철이 흔들리는 걸 악용해서 부자연스럽게 얼굴을 들이대고 있다는 걸 왠지 알아볼 수 있었다.

"실례합니다———."

다른 사람들이 인상을 쓰거나 혀를 차는 와중에 나는 그 애와 아저씨 사이에 억지로 몸을 끼워 넣었다.

그래도 같은 방향을 보며 바로 뒤에 설 수는 없었기에 반대쪽으로 향했다.

아저씨와 눈이 마주쳤다. 바로 앞에서.

질척거리고 끈적대는 듯한 눈이었다.

조금만 방심하면 흔들리는 전철 때문에 키스를 하게 되어버릴 것 같다.

입술을 입 안쪽으로 넣고, 고개를 돌렸다.

그 아저씨가 가죽 구두로 내 발을 힘껏 밟았다.

이 녀석……!

역에 도착하자 꽈악, 누군가 내 손목을 잡았다.

어? 응? 뭐지?

성큼성큼, 누군가 나를 끌고 가자 그렇게 가깝게 붙어 있던 아저씨와 점점 멀어졌다.

돌아보니 내 손목을 잡은 사람은 내가 지켜주고 있던(그러려고 했던) 소녀였다.

어쩔 수 없이 내려서 승강장으로 나오자 그제야 그녀가 내 손을 놓아주었다.

"이 사람, 치한이에———!"

잠깐! 잠깐! 잠깐!

"이봐, 나는 치한이 아니라, 오히려———, 도와주려고———."

많은 사람들이 나와 그 애를 주목하고 있었다.

푸슉, 전철 문이 닫혔고, 멀어져가는 창문 너머로 뭔가 말하고 있는 후시미의 얼굴이 보였다.

"나는 뒤에 있던 아저씨에게서 지켜주려고———."

"향기 좋다면서 기분 나쁜 소리로 속삭여놓고———."

우리 두 사람의 주장이 공중에서 교차했고, 그제야 서로 얼굴을 볼 여유가 생겼다.

어라? 어디선가 본 적이 있는 것 같은데……?

"어? 말도 안 돼. 혹시……, 료?"

나를 이름만으로 부르는 사람은 가족을 제외하면 지금까지 한 명밖에 없었다.

"아이?"

히메지마 아이.

초등학교 때 전학 가버린 여자애이자 내 또 다른 소꿉친구다.

후기

안녕하세요. 켄노지입니다.

좋게 봐주셔서 저번 권이 곧바로 증쇄된 그 시리즈 제2탄입니다.

이번에는 저번 권 마지막에 한순간 등장했던 '시노'가 등장했는데 어떠셨나요.

제가 직접 경험해본 건 아니지만, 주인공과 시노 사이에 있었던 일은 중학생들이 경험해봤을 법한 상황일 것 같습니다. 아무리 그래도 사흘 만에 깨졌다는 이야기는 들어보지 못했지만, '시노', 시노하라와의 관계는 중학생답게 끝난 것 아닐까 하는 생각이 듭니다.

그 일에 대해서도 주인공의 유니크 스킬, '둔감'이 발동됩니다. 아니, 이제 좀 어떻게 안 되나, 켄노지도 그렇게 생각합니다. 자기가 써놓고.

자기에게 자신이 없는 사람은 다른 사람이 자신에게 흥미나 관심이 있을 리가 없다는 전제로 생각하기 때문에 그 방향성이 자신에게 쏠렸다는 것을 눈치채는 게 매우 늦지 않을까 합니다.

이 작품의 주인공은 그런 느낌입니다.

스킬이 너무 강력해서 히로인들이 불쌍해 보이는 경우도 종종 있겠지만, 따뜻한 눈으로 지켜봐 주시면 좋겠습니다.

마지막 부분에 또 새로운 히로인이 등장했습니다. 다음 권도 부디 기대해 주세요.

2권을 내면서 많은 분들께 신세를 졌기에 감사의 말씀 드립니다.

특히 바쁘신 와중에 이번에도 일러스트를 그려주신 플라이 선생님, 이번 권도 후시미와 다른 히로인들을 멋지게 그려주셔서 감사합니다. 앞으로도 잘 부탁드립니다.

그리고 담당 편집자분, 디자인 장정 담당자분, 영업 담당자분, 교정 담당자분, 현장의 서점 점원분, 이 작품의 제작, 판매에 힘 써주신 모든 분들, 감사합니다.

마지막으로 1권에 이어 2권도 구매해주신 독자 여러분, 감사합니다. 구매하기 전에 이 부분을 읽고 계신 분들께서는 그대로 계산대로 가시고요!

3권도 부디 주목하고 기대해주세요!

켄노지

역자 후기

안녕하세요, 천선필입니다.

『성추행당할 뻔한 S급 미소녀를 구해주고 보니 옆자리 소꿉친구였다』 2권, 재미있게 읽으셨는지 모르겠습니다.

이번 2권에는 지난 1권 마지막에서 잠깐 등장해서 폭탄 발언을 했던 시노하라가 본격적으로 등장했습니다. 1권만 읽었을 때는 토리고에처럼 쿨하고 뭔가 알 수 없는 구석이 있는 듯하면서 신비한 느낌인 캐릭터라고 생각했는데, 정작 2권에 나온 내용을 보니 반쯤 개그 캐릭터(……)였네요. 개인적으로는 밝고 즐거운 분위기를 좋아하기 때문에 이런 캐릭터는 환영입니다. 그렇게 분위기를 가볍게 환기시켜주는 역할 뿐만이 아니라 주인공이 작중에서 언급했던 것처럼 마음 편히 의논할 수 있는 대상, 그리고 이런저런 도움을 주며 활약했다는 인상이 남아있습니다. 주인공에 대한 마음을 완전히 버리지도 않은 것 같고요. 그냥 소비되기만 하는 캐릭터는 아니지 싶습니다.

그리고 1권에서 씁쓸하게 물러섰던 토리고에도 마음을 다잡고 다시 다가서는 내용이 꽤 비중을 차지했던 것 같습니다. 어떻게 보면 주인공의 둔감함과 단호하지 못한 성격 때문에 가능한 행동인 것 같기도 해서 참 얄삭빠르다는 생각도 드네요. 여자애의 무서운 면을 어렴풋하게나마 보여주는 것이기도 하고, 그게 주인공을 향한 연심 때문이기 어느 정도 용납되는 면도 없지 않아 있습니다. 주인공과는 상관없이 자기 욕심만 채우려고 그랬다면 단순한 악당 캐릭터가 되었을 테니까요. 독자 여러분께서는 앞서 말씀드린 두 캐릭터에 대해 어떻게 생각하시는지 궁금하기도 합니다.

그리고 그렇게 매우 복잡하게 얽힌 사랑싸움과 동시에 진행된 진로 이야기. 아무래도 사회에 나가기 직전인 고등학생이라는 신분을 다루는 작품에서는 그냥 넘기기 힘든 주제일 것 같습니다. 작중에서도 언급되었듯이, 뚜렷한 비전이나 목표가 없다면 대학교에 진학해서 찾아보는 것도 방법이긴 하겠죠. 저도 그랬고, 많은 사람들이 그렇게 하고 있을 겁니다. 반대로 하고 싶은 게 확실하게 있고, 어느 정도 가능성도 보인다면 굳이 대학교에 반드시 갈 필요는 없을 것 같다는 생각도 듭니다. 제 친구들 중에는 그렇게 대학교에 가지 않고 곧바로 직업을 얻거나 그럴 준비를 한 친구들도 많으니까요. 결국 중요한 건 어떤 방식을 선택하든 대충, 적당히 하지 않는 게 아닐까 합니다. 혹시 진로 때문에 고민하고 계시거나, 이미 목표를 잡고 노력하시는 분들이 계신다면 부디 좋은 결과를 얻길 기원합니다.

이런 생각을 하면서 이번 『성추행당할 뻔한 S급 미소녀를 구해주고 보니 옆자리 소꿉친구였다』 2권을 번역하였습니다. 매번 그랬듯이 감사의 말씀 드리고 후기를 마치려 합니다.

항상 신경을 많이 써주시는 담당 편집자분, 그리고 책을 내는 데 도움을 많이 주신 소미미디어 관계자 여러분, 그리고 가족 여러분. 감사합니다.

그 누구보다 감사드리고 싶은 분은 독자 여러분입니다. 제가 이렇게 무사히 번역을 마치고 후기를 쓸 수 있는 것도 독자 여러분 덕분이라 생각합니다. 진심으로 감사드립니다.

다시 찾아뵙게 될 때까지 행복한 하루 보내시길 바랍니다.
감사합니다.

CHIKAN SARESO NI NATTEIRU S-KYU BISHOJO WO TASUKETARA TONARI NO SEKI NO
OSANANAJIMI DATTA 2
Copyright © 2020 Kennoji
Illustrations copyright © 2020 Fly
Original Japanese edition published in 2020 by SB Creative Corp.
Korean translation rights arranged with SB Creative Corp., Tokyo
through Japan UNI Agency, Inc., Tokyo

성추행당할 뻔한 S급 미소녀를 구해주고 보니 옆자리 소꿉친구였다 2

2022년 03월 15일 1판 1쇄 발행

저　　　자	켄노지
일러스트	플라이
옮 긴 이	천선필
발 행 인	유재옥
본 부 장	조병권
담당편집	박치우
편집 1팀	이준환 김혜연 박소연
편집 2팀	정영길 조찬희 박치우
편집 3팀	오준영 곽혜민 이해빈
디 자 인	김보라 박민솔
라 이 츠	한주원 이승희
디 지 털	박상섭 이성호 최서윤 김지연
발 행 처	(주)소미미디어
인쇄제작처	코리아피앤피
등　　　록	제2015-000008호
주　　　소	서울시 마포구 토정로 222, 403호(신수동, 한국출판콘텐츠센터)
판　　　매	(주)소미미디어
영　　　업	박종욱
마 케 팅	한민지 최정연
물　　　류	허석용 백철기
전　　　화	편집부 (070)4164-3962, 3963 기획실 (02)567-3388
	판매 및 마케팅 (070)4165-6888, Fax (02)322-7665

ISBN 979-11-384-0604-8
ISBN 979-11-384-0195-1 (세트)